賽雷三分鐘漫畫
西遊記 2

〔十萬天兵、鬥法二郎神、鎮壓五行山〕

賽雷

全彩
漫畫作品

〔明〕吳承恩 原著

1 十萬天兵 001

2 鬥法二郎神 031

3 火眼金睛 061

4 鎮壓五行山 089

8 夢斬龍王

205

7 神算袁守誠

177

6 陳光蕊遇難

147

5 降妖收徒

117

玉帝命托塔天王李靖和哪吒三太子帶領十萬天兵，下凡去花果山捉拿孫悟空。

李靖帶著黑壓壓的一群天兵，布下天羅地網，將花果山圍了個水泄不通。

🌙 這次做先鋒的是九曜星。九曜星帶著天兵來到洞外，見洞外一群猴子在玩耍，便厲聲大喊了一番。

> 小妖怪！你家大聖在哪裡？

> 我們的大王在裡面呢，各位是來找他喝酒的嗎？

> 喝酒？！

> 我們是上界派來的天神，特來降伏那造反的大聖，讓他出來投降！

1　十萬天兵

有一小猴趕緊進洞將這事稟告大聖。

大聖這時正和七十二洞妖王、四健將喝酒，聽到小猴來報，根本不搭理。

於是，悟空命獨角鬼王帶七十二洞妖王先出戰，自己則帶著四健將隨後趕到。

鬼王出門迎敵，卻根本打不過九曜星，被困在了鐵板橋橋頭。

1　十萬天兵

🌙 這時悟空到了，從耳中掏出金箍棒，並將之變成碗口粗細、二丈長短，朝九曜星掄了過去。

🏹 九曜星不是悟空的對手，沒過多久就被打退了。

九曜星敗回陣中。

於是，李天王又派四大天王與二十八星宿出戰。

悟空自然一點都不怕，派獨角鬼王、七十二洞妖王與四健將在洞外擺陣迎戰。

🍃 這場仗從早上打到黃昏。悟空這邊,獨角鬼王與七十二洞妖王全都戰敗,被天神捉拿了去。

🗡 最後只剩下四健將與一群小猴,藏到了水簾洞深處。

1　十萬天兵　009

🌀 而悟空自己，則還在抵抗李天王、哪吒三太子與四大天王的圍攻。

🗡 悟空見時候不早了，便拔下一把毫毛，丟入口中嚼碎，往空中一吹。

🌿 他叫了一聲「變」，就變出了千百個悟空，揮舞著金箍棒擊退了李天王他們。

🗡 悟空得勝之後收了毫毛，回到了水簾洞。

只見鐵板橋頭，四健將早已領著所有猴子跪在那裡，又哭又笑。

悟空便問他們為什麼會這樣。

悟空安慰了一下猴子們，讓猴子們都安心睡覺，養足精神，明日再戰。

天神們收兵之後論功行賞，有抓住虎精、豹精的，有抓住獅精、象精的，卻沒有一個捉住猴精的。

🍃 再說那天庭之上，南海觀世音菩薩和大徒弟惠岸行者受邀前來參加蟠桃大會，卻發現瑤池早已被破壞得一片狼藉。

🖋 眾仙便將事情的來龍去脈告訴了菩薩。

🍃 知道事情經過的菩薩來到靈霄寶殿,發現太上老君、王母娘娘等早已在此與玉帝商量降伏妖猴的對策。

🗡 於是,菩薩便跟眾仙行禮,並問起事情的緣由。

1　十萬天兵

🌀 玉帝將妖猴出生時發生的天地異象以及妖猴到現在所闖的禍事都告訴了菩薩。

🗡 玉帝還說自己派了十萬天兵去降伏妖猴，但已經過去一天了，還不知道勝負究竟如何。

菩薩聽完玉帝所說，隨即命令惠岸行者下凡，到花果山打探軍情，順便助李天王一臂之力。

惠岸行者整理好衣服，便帶著一根鐵棍駕雲離去。

1 十萬天兵 017

🍃 惠岸行者來到花果山前，見密密麻麻的天兵布下天羅地網，將整座山圍了個水泄不通。

🗡 惠岸找到了把守營門的天兵。

我是李天王二太子木叉，南海觀世音大徒弟惠岸，特來打探軍情，麻煩你通報一下。

李天王得知惠岸來了，便讓天兵放他進來。

惠岸見到李天王，下跪拜見。

惠岸便將天庭發生的事都跟李天王說了。

於是，李天王便將眾天將被妖猴打敗，到現在為止連一個猴精都沒抓到的事情告訴了惠岸。

正說著，悟空帶著一群猴精到陣前叫戰。

李天王與眾天將正準備商量如何出兵，這時惠岸主動請求由自己出戰，李天王答應了。

🗡 惠岸拿著鐵棍，從軍營衝了出去。

🌀 被激怒的悟空掄起金箍棒就朝惠岸殺來。

🌀 惠岸毫不害怕,拿起鐵棍接招。

他們兩個在半山腰大戰了五六十個回合，不分勝負。

最後，惠岸被打得胳膊痠麻，不敢再和悟空硬碰硬，便虛晃一下逃走了。

🌙 惠岸敗陣回營。

📌 李天王見惠岸都敵不過這妖猴，長嘆一聲，就讓大力鬼王與惠岸回天庭搬救兵去了。

1　十萬天兵　025

大力鬼王與惠岸腳踩祥雲,不一會兒便到了靈霄寶殿。

菩薩聽後低頭沉思。玉帝見李天王派人來求助,有些不開心了。

🌀 菩薩見玉帝這樣，便雙手合掌向玉帝啟奏。

🗡 不過，玉帝也無法輕易請動這二郎真君。

只有在緊急情況下，玉帝才能動用調令差遣他。這次便是緊急情況。

於是，奉玉帝之命，大力鬼王來到灌洲灌江口調二郎神前去助力降伏妖猴。

鬥法二郎神 2

🐾 大力鬼王領了旨後，不到半個時辰便來到灌江口的真君廟。二郎神與眾弟兄出門接旨。

🗡 見他們出來，大力鬼王開始宣旨。

> 花果山妖猴在宮中偷桃、偷酒、偷丹，攪亂蟠桃大會。

現在特來調賢甥和義兄弟去花果山助力圍剿妖猴。事成之後，必有重賞。

🌙 二郎神接旨後，隨即將這事告訴了梅山六兄弟。眾兄弟表示願意一同前往。

> 只要真君你一句話，
> 我們幾個絕對一起上！

🏹 隨後，二郎神便點本部神兵，又帶上神鷹和哮天犬，跨過東海來到了花果山。

> 這裡應該就是花果山了。

汪汪！

2　鬥法二郎神

> 你們是何方神聖？前方乃軍事重地，請留步！

此時，花果山被密密麻麻的神兵圍得水泄不通，外來者根本無法進入。

> 把門的神將聽著，我是二郎顯聖真君，奉玉帝之命前來擒拿妖猴。

> 這耀眼的光芒，一看就是真君，快去通報！

於是，把門的神將將消息一層層傳了進去。

傳下去，二郎真君來擒拿妖猴了！

傳下去，二郎真君來擒拿……

傳下去，二郎真君來擒拿妖猴了！

……

李天王一聽二郎神來了，便帶著四大天王出來迎接。

救星啊！你可算來了，我等得花兒都謝了。

聽完李天王匯報的戰況,二郎神笑了笑。

"我來這裡,就是要用法術和他鬥個高低。諸位撤掉天上的兵將,圍好四周即可。"

"到時煩請李天王在空中為我使個照妖鏡,以防妖猴戰敗之後用變化之法逃跑。"

🗨 囑咐完，二郎神就帶著梅山六兄弟和草頭神來到水簾洞外，只見那洞外一群猴子正在排兵布陣，整整齊齊，中軍裡還立著一桿旗，上面寫著「齊天大聖」四個大字。

> 這潑猴，怎麼配得上「齊天大聖」這四個字？

> 識相一點，趕緊叫你們的大王出來投降！

🏹 那營口小猴見二郎神來了，趕緊進洞稟報。隨後，悟空便身披鎧甲，手持金箍棒來到洞門口。

> 讓我看看是誰還敢來這裡挑戰。

2 鬥法二郎神　037

見到相貌清奇、打扮秀氣的二郎神，悟空笑了笑。

你是何方小將，敢來這裡挑戰我？

你真是有眼無珠，連我都不認識嗎？我是玉帝外甥，昭惠靈顯王二郎。

我記得玉帝有個妹妹，下界嫁了個凡人，還生了個男孩。男孩曾拿著斧頭劈開過桃山。那男孩是你嗎？

今天來擒拿你這造反的弼馬溫，你還不知死活！

要我說，你這小輩趕緊回去，叫四大天王出來應戰吧。

潑猴！吃我一招！

說著，二郎神舉起三尖兩刃槍朝悟空劈來。悟空側身躲過，拿起金箍棒向二郎神掄去。

雙方一來一回，大戰了三百多個回合，不分勝負。

◞ 二郎神使出神威，搖身一變，變得萬丈高。

哇呀呀呀！

妖猴，準備受死吧！

◢ 山峰似的二郎神舉起巨型三尖兩刃槍，惡狠狠的朝悟空的頭頂砍去。

看我把你砍成兩半！

🌱 悟空也使出神通，變得跟二郎神一樣高大。

> 不就是變大嘛，俺老孫也露一手！

🖊 他舉起擎天柱一般的金箍棒，面不改色的擋住了二郎神的攻勢。

> 我擋！

花果山上的猴子們被這陣仗嚇呆了，手裡的兵器都拿不穩了。

梅山六兄弟趁機放出草頭神，擊敗了四健將，活捉了兩三千隻猴子。

🌙 其他的猴子丟盔棄甲，上山的上山，進洞的進洞。

救命！
我不玩啦！

🏹 悟空與二郎神打鬥時，看到自己的猴子們被打得四處逃竄，有點心慌。

哈哈！終究只是群猴子而已。

救命啊！

救命啊！

不行！
我得回去！

2　鬥法二郎神　043

🍌 無心戀戰的悟空變回正常大小後,便往水簾洞洞口飛去。

想跑?

縮 縮 縮

我來了,孩兒們!

🍌 梅山六兄弟見悟空趕來,連忙擋住。

兄弟們,攔下他!

悟空慌了手腳，把金箍棒變成繡花針藏到耳朵裡，然後搖身一變，變成了一隻麻雀。

接著，悟空飛到樹梢上藏了起來。梅山六兄弟頓時慌慌張張，怎麼找也找不到悟空。

🌀 這時二郎神到了，他睜大鳳眼往四周看去，發現悟空變成麻雀站在樹上。

🪄 二郎神搖身一變，變成雀鷹，準備去抓悟空變成的麻雀。

🌀 只見悟空又變成一隻鸕鶿，揮動翅膀往天上飛去。

鬥法二郎神

西遊記

〰 二郎神見了，立刻又變成一隻大海鶴，鑽進雲中追捕悟空變成的鷂鷹。

跑得還挺快！

嗖！

這個二郎神真是難纏啊！

我變！

➤ 見狀，悟空迅速變成一條魚跳入河中。

不行，我得想個法子甩掉這個傢伙。

我再變！

撲通！

就是那裡！

二郎神來到河邊，不見悟空蹤影，心裡思索了一番。

這猢猻肯定是變成魚蝦之類的躲進了水裡。

嘭

看我怎麼收拾你！

於是，二郎神變成魚鷹在河邊等待悟空變成的魚出現。

我變！

嘭！

🌀 悟空變成的魚正順水遊來，見岸邊有一隻魚鷹，長得跟正常魚鷹不太一樣。

……

這傢伙……是二郎神吧？

🏹 於是，悟空變成的魚急忙掉頭，打了個水花就跑。二郎神變成的魚鷹見了，迅速對著這魚啄了一嘴。

溜了溜了！

門都沒有！

想跑？

我去！下嘴真狠！

於是，悟空立馬跳出水面，變成一條水蛇鑽進了草叢裡。

見悟空變成了水蛇，二郎神便變成了灰鶴，追著要吃掉悟空變成的水蛇。

臭妖猴！看我不吃了你！

2　鬥法二郎神

🌀 悟空變成的水蛇原地扭了兩下，變成一隻花鴇，木呆呆的站在草叢裡。

> 要死要死要死！

> 我是一隻花鴇，我是一隻花鴇……

嗖！

🏹 見狀，二郎神就變回了原貌，取出彈弓朝著悟空變成的花鴇打去。

> 哼，臭妖猴還沒完沒了了。

嗖！

嗖！

🌀 悟空假裝被打中，趁機滾下山崖，變成一座土地廟。

🏹 悟空的嘴變成廟門，牙齒變成門扇，舌頭變成菩薩，眼睛變成窗戶，就是尾巴不好收拾，豎在後面，變成一根旗杆。

2　鬥法二郎神　053

🐚 二郎神來到崖下，沒發現花鴇，只看到一座小廟，仔細一看，一根旗杆立在廟後面。

> 哈哈哈！我見了那麼多廟，從來沒見過旗杆豎在後面的，這必是那猢猻了！待我過去先搗他窗戶，再踢他門扇！

🖋 悟空聽到後，覺得這二郎神好狠毒，要搗他的眼，踢他的牙齒。他可不能坐以待斃。接著，整座廟便飛了起來，在空中消失了。

> 可惡，俺老孫可不能坐以待斃！

> 這……溜得倒挺快！

二郎神駕雲飛到半空中，見那李天王手持照妖鏡跟哪吒一起站在雲上，就將自己與悟空鬥法，最後悟空逃跑的事情告訴了李天王。

二郎真君！

天王，那妖猴變成一座廟衝向天空就沒影了，連根猴毛都找不著。

李天王聽後，便將照妖鏡往四周一照。

真君不用擔心，待我用照妖鏡找出這妖猴！

可惡！這妖猴又想使什麼花招！

真君快回自己的廟裡看看吧，那妖猴用了個隱身法，正在往你廟裡去呢。

2　鬥法二郎神　055

這時悟空已經到了灌江口，搖身一變，變成了二郎神的模樣。廟裡的人都認不出這是悟空變的，一個個磕頭迎接。

真君廟？

讓我變成二郎神去耍耍他們！

灌江口

真……真君下凡啦！

正當悟空坐在廟裡查看香火的時候，真的二郎神來了。這下可把眾人嚇壞了，不知道哪個是真哪個是假。

快看！門外又來一個真君！

見二郎神已經進來了，悟空便立刻恢復原貌。

二郎神聽後，氣得舉起三尖兩刃槍朝悟空的臉劈去。悟空從耳中掏出金箍棒，將之變成碗口粗細，接下了這招。

🌙 他們打出廟門,在空中邊飛邊打,不知不覺又打回了花果山。

> 真難纏啊!

> 彼此彼此!

🗡 四大天王見他們打了回來,趕緊召集眾天神以及梅山六兄弟,和二郎神一起將悟空包圍了起來。

> 真君回來了!

> 糟糕,看來俺中計了啊。

> 眾將士!隨我去圍捕妖猴!

> 你已經無路可逃了,乖乖束手就擒吧!

悟空能從重重包圍中逃脫嗎?
萬一逃脫失敗會面臨什麼遭遇?

且看下回分解。

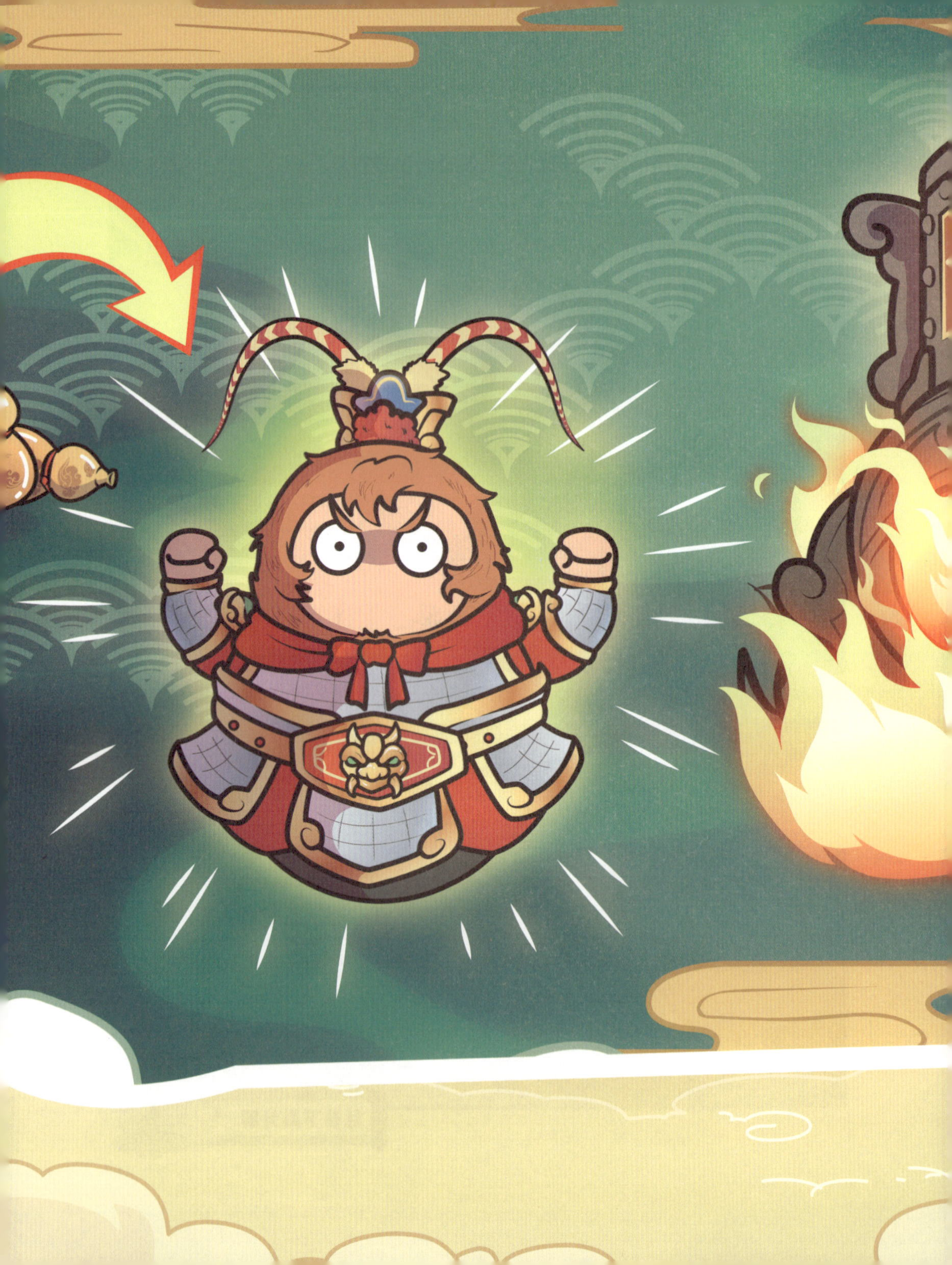

3 火眼金睛

🌀 玉帝、觀世音菩薩、王母娘娘同眾仙卿在靈霄殿內等二郎神的好消息,但等了一整天都沒有消息傳回來。

> 貧僧請玉帝和眾仙卿一起到南天門外,看看他們打得怎麼樣了,如何?

🗡 玉帝聽後,擺駕跟眾仙卿到了南天門外,只見凡間的花果山被無數天兵包圍。

🌙 李天王和哪吒拿著照妖鏡立在半空中,二郎神、梅山六兄弟與四大天王把悟空圍在了中間,還在纏鬥著。

> 潑猴!快束手就擒吧!

> 還早著呢!

🖋 菩薩見了,開口問太上老君自己推薦的二郎神怎麼樣。

> 果然有神通。那妖猴已經被圍住了,不過還沒被擒住。

> 哦?菩薩怎麼幫他?用什麼兵器?

> 我這就助他一臂之力,幫他拿下這猴子。

3 火眼金睛　063

說著，菩薩托起淨瓶楊柳，準備在天上將它扔下去，砸在悟空腦袋上。就算砸不死也能砸傷悟空，這樣，二郎神就能捉住悟空了。

但太上老君卻攔住了菩薩。

這可是個瓷器，砸中了還好說，萬一砸不中，摔碎了怎麼辦？

還是我來助他吧。

你有什麼兵器？

🌀 太上老君捋起衣袖，從胳膊上取下一個鋼圈。

> 這鋼圈名為金剛琢，乃錕鋼煉製而成，已經有了靈性，可以變化，水火不侵，又能套住所有東西。

> 當年我過函關，化胡為佛，全靠它防身。

🗡 說完，太上老君就將金剛琢從南天門丟下。這鋼圈嗖的飛向花果山，狠狠的在悟空頭上砸了一下。

> 去吧！

> 哎喲！

3　火眼金睛　065

🌙 悟空只顧著和二郎神廝殺，沒想到從天上砸下來個這東西，被打中了天靈，摔了一跤，爬起來準備跑。

滿……滿天都是小星星……

潑猴哪裡跑！

不好！他們追上來了，快跑！

🗡 二郎神的哮天犬追上悟空，咬了悟空的腿肚子一口。悟空再次摔倒在地。

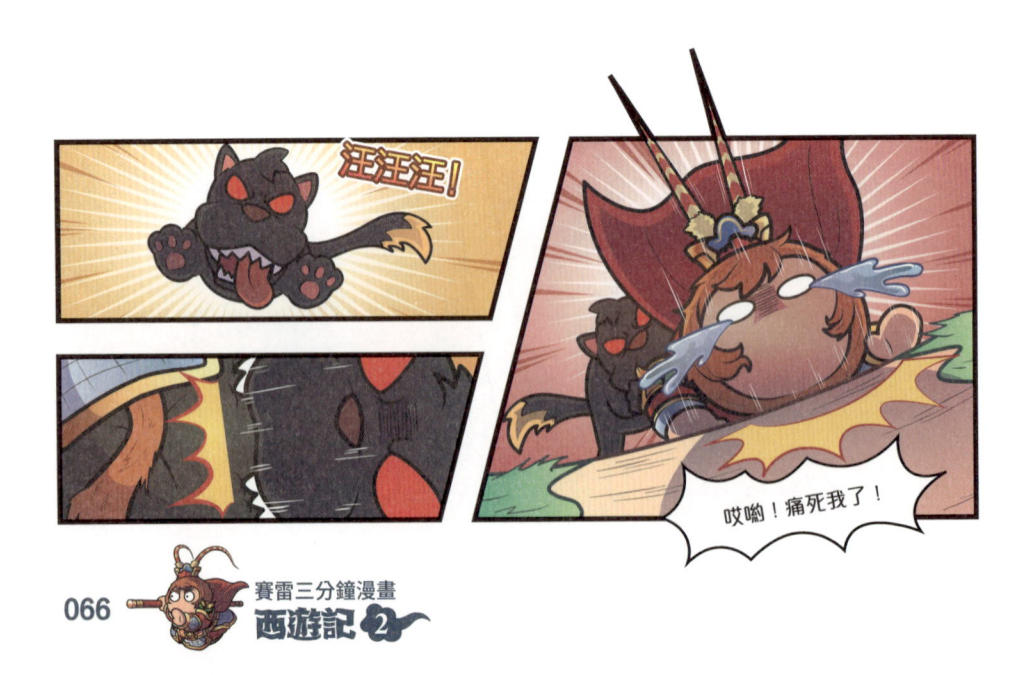

汪汪汪！

哎喲！痛死我了！

還沒等悟空爬起來，二郎神他們便將他按住，再用勾刀戳穿他的琵琶骨，捆了回去。

見狀，太上老君收了金剛琢，和玉帝、觀世音菩薩以及眾仙卿回到了靈霄殿。

🌙 隨後，李天王也鳴鼓收兵，與二郎神一起將孫悟空押回了天庭，聽候玉帝發落。

> 搬救兵算什麼本事！
> 有本事單挑啊！

> 我可沒說過要和你分個高下……

🗡 接著，玉帝傳下旨意。

> 玉帝有旨，命大力鬼王和眾天兵
> 將孫悟空押到斬妖台碎屍萬段。

🌀 天兵們將悟空綁在斬妖台的降妖柱上，對悟空處以各種極刑。

🗡 但是，刀砍斧劈對悟空來說就像搔癢一樣，不能傷他分毫。

> 受死吧！妖猴！

> 啊！

> 舒服，再往左邊來一點。

3　火眼金睛

🌀 南斗星又讓火神、雷神分別用火燒、雷劈。

就讓火焰淨化一切！

啊啊啊啊啊

嗯？還沒死？

和雷鳴一起消散吧！

🗡 結果悟空既沒有被火燒死，也沒有被雷劈死。

嗯？

俺老孫被綁得困了，你們正好可以給我解解乏！

◠ 大力鬼王只能回去將這事上奏玉帝。

> 萬歲，這大聖不知學了什麼護身之法，我們用盡了手段都不能傷他分毫。

➤ 玉帝聽後，便問眾仙卿該如何是好。

> 那妖猴吃了蟠桃，喝了仙酒，吃了仙丹，已經擁有金剛之軀。不如讓老夫將他帶回去，扔到八卦爐中燒為灰燼，還能煉出仙丹來。

3　火眼金睛　071

🌀 玉帝准奏，便讓天兵將孫悟空押往兜率宮。

🗡 接著，玉帝又宣二郎神上前，賞賜他百朵金花、百瓶仙酒、百粒金丹以及無數奇珍異寶，讓他帶回去跟義兄弟分享。

> 謝陛下！

太上老君回到兜率宮，給悟空解開繩索，將他推進八卦爐中。

進去吧你！

封！

封！

然後，太上老君又命令看爐的道士和扇火的童子將火燒起。

燒！給我狠狠的燒！

3 火眼金睛

🌙 八卦爐的八卦，分別是乾、坎、艮、震、巽、離、坤、兌。

🗡 巽代表風，有風則無火。於是，被火燒得難受的悟空躲到了丹爐中的巽宮處。

這火快把俺老孫烤熟了！

嗯？那邊好像沒火，我得趕緊過去躲躲！

🌙 但是風帶來了滾滾濃煙,將悟空的眼睛熏得通紅。

> 不對勁啊,這裡的煙怎麼這麼大?
> 喀喀!我的眼睛!可惡的太上老君!

🗡 不知不覺,七七四十九天過去了……

> 怎麼還沒燒完啊……

> 差不多燒完了吧?

3　火眼金睛

👉 太上老君覺得是時候了，便下令開爐取丹。

是時候了，徒兒們，開爐！

是！師父！

👉 當時悟空正在揉眼睛，聽到爐頂有聲響，猛然睜眼看到一道光。

嗯？

這太上老君可算開爐了，待俺老孫出去，一定把你們攪個天翻地覆！

只見悟空縱身一躍，跳出了丹爐，還順帶一腳踢翻了八卦爐，往兜率宮外走去。

臭丹爐，叫你燒我！

不好！

悟空不僅沒被燒成灰，還在那丹爐的濃煙中煉成了火眼金睛。

你們的齊天大聖……回來了!

妖猴在那兒,別讓他跑了!

跑?俺老孫可不想跑……

不把你們打個落花流水,我就不是齊天大聖!

就這樣,悟空拿著金箍棒見誰打誰,一直打到了靈霄殿外。

火眼金睛

西遊記

🌀 幸好佑聖真君的手下王靈官就在靈霄殿，他手拿金鞭，將悟空擋在了靈霄殿前。

吃我一棒！

噹啷

王靈官在此，妖猴休得猖狂！

🔱 鞭起棒落，他們就這樣在靈霄殿前打鬥了起來。

小心！

果……果然好強！

見王靈官拿不下悟空，佑聖真君又從雷府調來三十六名雷將，將悟空圍在中間。

三十六雷將聽令，圍捕妖猴！

悟空搖身一變，變成三頭六臂，同時還將金箍棒變成三根。

變！

只憑這點功夫可奈何不了俺！

悟空六隻手揮舞著三根金箍棒，與雷將纏鬥在了一起。

好強的威力！

玉帝見沒人能降伏悟空，只好派游奕靈官和翊聖真君去西天請如來佛祖來幫忙。

我們擋不住了！那妖猴要打進來了！

快快快！快去請如來佛祖！

游奕靈官和翊聖真君來到靈山雷音寺前,對四大金剛和八大菩薩行完禮後,便請他們去向如來佛祖轉達自己的來意。

各位菩薩,天庭遇到麻煩了,快請通報佛祖!

於是,眾神來到寶蓮台下將這事稟告如來佛祖。

佛祖,天庭的兩位大仙求見。

請他們進來。

玉帝讓二位過來,有什麼事?

3 **火眼金睛** 083

游奕靈官和翊聖真君便將悟空所幹的事一五一十的告訴了如來佛祖。

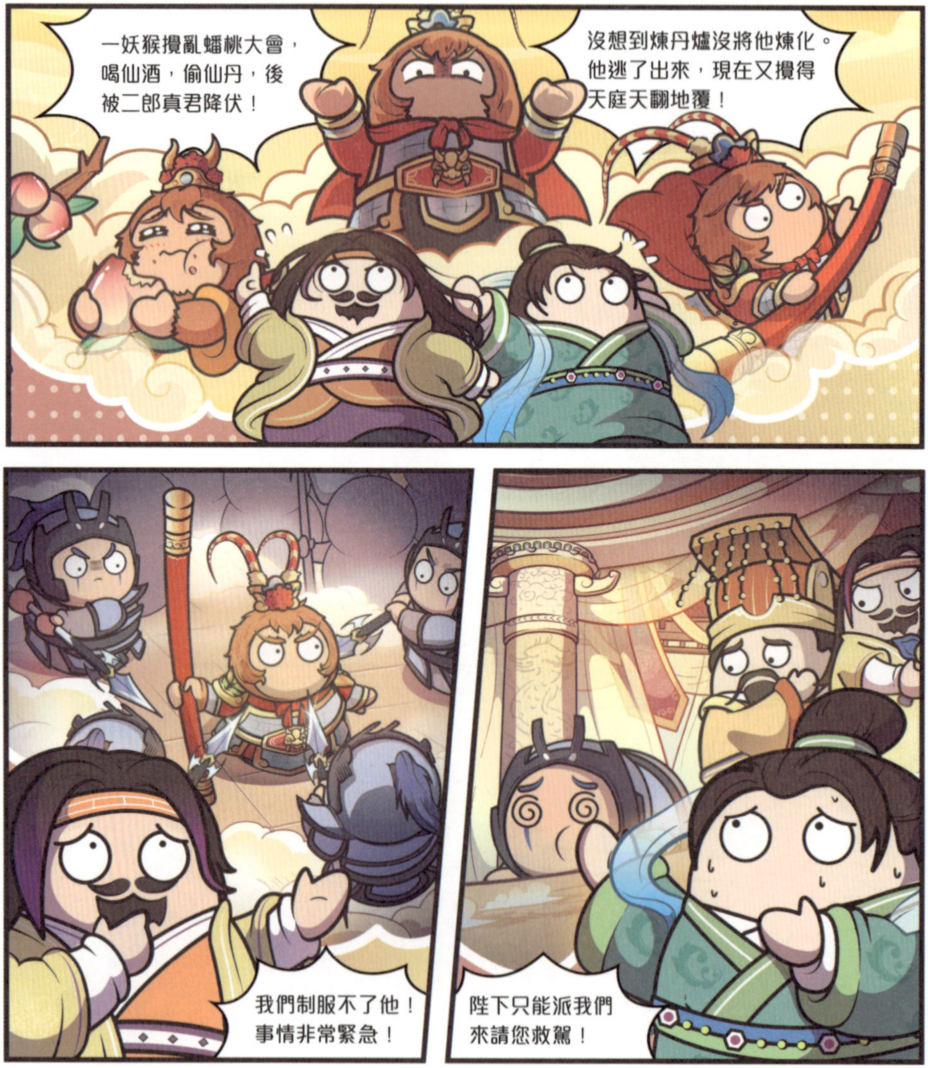

🌀 如來佛祖聽後，便交代眾菩薩守護靈山，準備前往天庭降伏悟空。

> 你們在此守護靈山，等我煉魔救駕回來。

> 是！

🗡 佛祖帶著阿儺、迦葉兩位尊者離開雷音寺，來到靈霄殿外，忽然聽到震耳的響聲，原來是三十六雷將正在圍攻悟空。

> 妖猴！拿命來！

☙ 佛祖示意眾雷將暫時停止圍攻。

> 眾雷將先停戰，放那個大聖出來，我問問他有什麼神通。

> 啊！是佛祖來了！

🗡 雷將果然停戰了。悟空也收了神通，來到佛祖跟前，一副怒氣昂昂的樣子。

> 你是從哪裡來的，敢來打聽我？

> 聽說你非常猖狂，數次與天宮作對。不知你為何這麼橫行霸道。

> 我是西方極樂世界釋迦牟尼尊者，南無阿彌陀佛。

> 這靈霄寶殿又不是一直是他玉帝的，凡間的皇帝還會更換呢！那玉帝的寶座誰強誰坐，我也想坐上試試是什麼滋味。

悟空能坐上玉帝的寶座嗎?
如來佛祖又會用什麼方式降伏悟空?

且看下回分解。

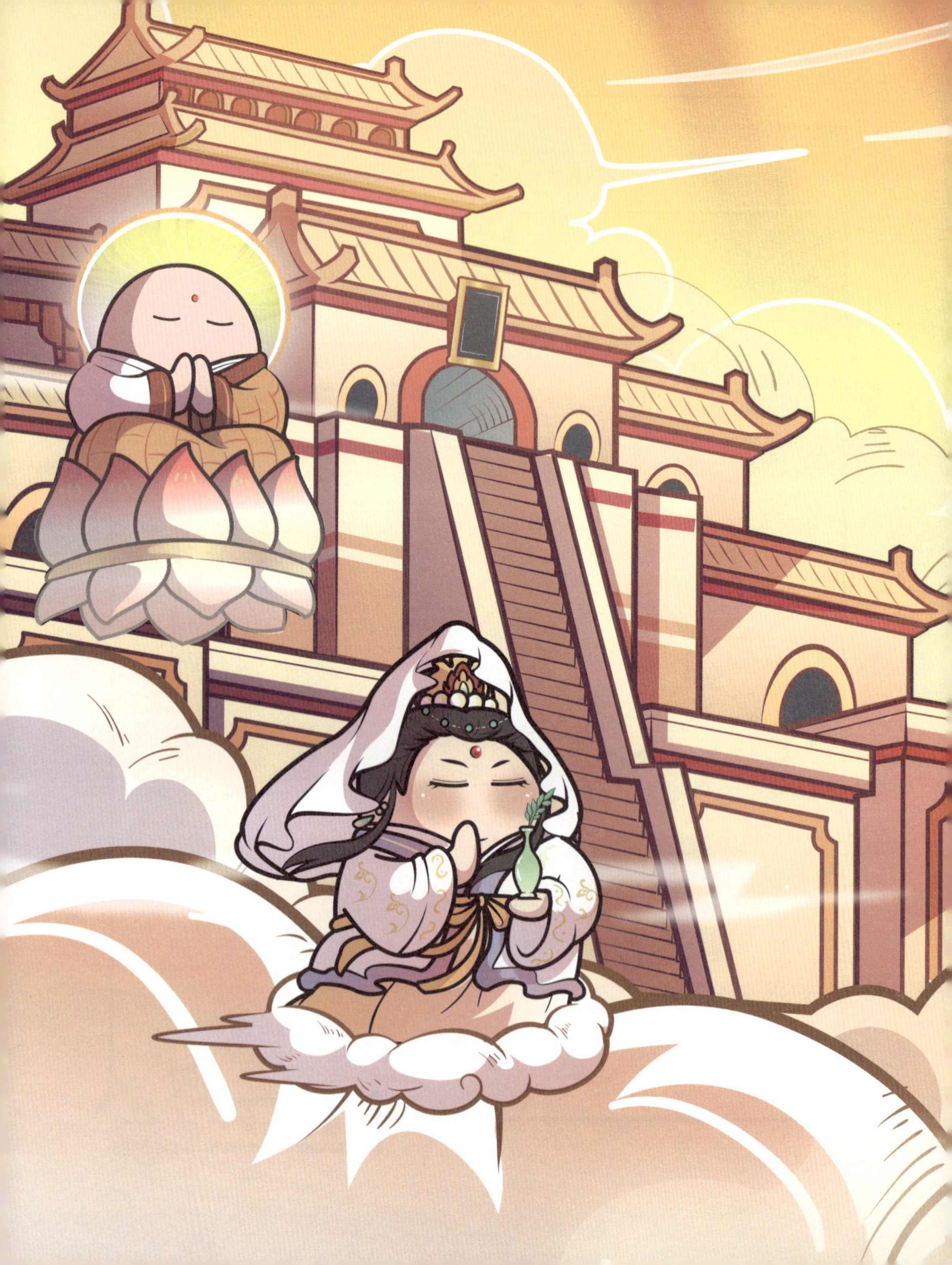

鎮壓五行山

4

佛祖聽悟空這麼說，冷笑了一聲。

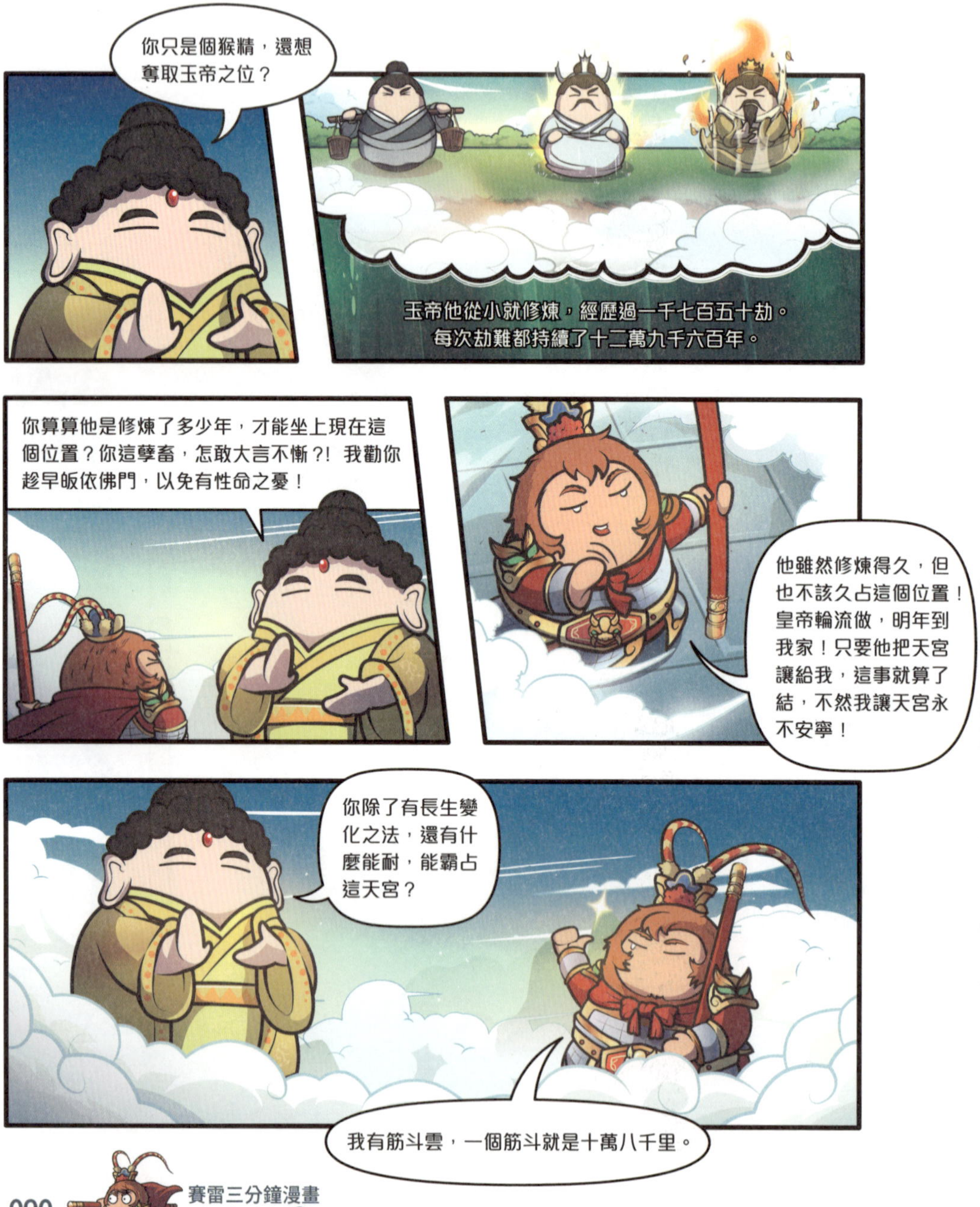

佛祖聽悟空這麼說，就想跟悟空打個賭。

看到我的手了嗎？

如果你一個筋斗能從我的右手掌飛出去，我便讓玉帝讓出天宮，去西方居住。

如果飛不出，你就得下界為妖，經歷些劫難。

怎麼樣？

4 鎮壓五行山　091

悟空聽後，暗自笑了笑。

這如來好呆！俺老孫一個筋斗十萬八千里。他的手掌不滿一尺，我怎麼可能飛不出去？

於是，悟空隨即就答應了。

好！這可是你說的，到時候可別反悔！

見佛祖張開荷葉大小的右手，悟空收起金箍棒跳到佛祖的掌心。

然後，悟空喊了一聲「我去了」，一個筋斗，消失得無影無蹤。

悟空駕著筋斗雲，像風一樣往前飛，不久卻被五根見不到頂的肉紅色柱子擋住了去路。

那是？

這五根柱子青煙繚繞，十分詭異。

應該是飛到天邊了，這五根柱子怕是撐天用的。

我都飛到這兒了，看如來還能怎麼說！

悟空又怕飛回去後佛祖賴帳，就拔下一根毫毛，變出了一支毛筆，在中間的柱子上寫了「齊天大聖到此一遊」八個大字。

這樣就萬無一失了！

寫完字後，悟空又在第一根柱子下面撒了一泡猴尿。

來都來了，當然得再留個記號！

🌀 接下來,悟空又駕著筋斗雲飛回天宮,落在了如來的掌心上。

你得說話算數,快讓玉帝把天宮讓給我。

我到了天的盡頭,那裡有五根撐天用的肉紅色柱子,我在那裡留下了記號,你敢和我去看看嗎?

你這尿精猴子,什麼時候離開過我的手掌?

🗡 佛祖不去,反而讓悟空低頭看看。悟空睜大火眼金睛,看到如來右手的中指上寫著「齊天大聖到此一遊」,大姆指處還有些猴尿的臊氣。

遊

你低頭看看我的手。

這!怎麼可能?!

悟空大吃一驚：還有這種事？明明自己將字寫在了撐天柱子上，怎麼出現在了如來的手指上？

> 我不信！不信！等我再去看看！

悟空正準備飛出去，卻被佛祖翻掌推到了西天門外。

> 哎呀！

> 下去吧。

鎮壓五行山

西遊記

佛祖將五根手指化為金、木、水、火、土五座聯山，喚名「五行山」，把悟空壓在了山底下。眾神看到後，一個個合掌稱好。

終於解決他了！

太好了，這下看這潑猴怎麼翻身！

心頭大患已除！

如來佛祖鎮壓了妖猴之後，便準備帶著阿儺、迦葉回西方極樂世界。

既然妖猴已被鎮壓，我等就回西天去了。

4 鎮壓五行山

🌀 天蓬元帥趕緊追了上來，對佛祖說玉帝要舉辦宴會感謝佛祖降伏妖猴。

佛祖請留步！

陛下為了感謝您降伏妖猴，要特地舉辦宴會，還請您務必出席。

既然如此，那貧僧就有禮了。

🪄 沒過多久，各路神仙都被請了過來。

🌙 他們帶著奇珍異寶，紛紛來給如來送禮。

感謝佛祖和各位菩薩相助！

🖌 如來謝過各位神仙，讓阿儺、迦葉將禮物一一收下，隨後又向玉帝表示感謝。

感謝天尊的款待，那我們就收下了。

4 鎮壓五行山　101

等到眾仙都喝得酩酊大醉，一個負責巡視的靈官前來稟報。

> 不必驚慌！
> 無妨，無妨。

> 不好啦！
> 那大聖要逃出來了！

如來從袖中取出一張帖子，上面寫著「唵嘛呢叭咪吽」六個金字，遞給阿儺。

掏

> 拿去貼在五行山頂上。

阿儺尊者拿著帖子來到五行山頂，緊緊的將它貼在了一塊四方石上。

只見那五行山的縫隙漸漸合上，之後悟空就只能動動手，擺擺頭，再也沒法掙脫出來了。

🍃 在回去的路上,佛祖慈悲心大發,不忍悟空就這麼被壓著。

> 佛祖,我知錯了!饒了我吧!

🗡 佛祖念動咒語,召來了一位土地公,讓他和五方揭諦一起住在五行山附近。

> 土地公速來見我。

> 你與五方揭諦往後就住在五行山附近,看著悟空。

> 小神遵命!

嘭

悟空餓了，就給他鐵丸子吃。

等時機到了，就會有人來救他。

你是來救我的那個人嗎？

悟空渴了，就給他熔化的銅水喝。

俺只是個種田的……

🖋 佛祖回到雷音寺，三千諸佛、五百阿羅、八大金剛、無邊菩薩全都向他合掌行佛禮。

那潑猴已經被我鎮壓在五行山下。

4 鎮壓五行山

不知不覺，悟空被鎮壓在五行山下已經五百年了。一天，如來佛祖在雷音寺召集諸佛。

今天召大家前來，是有一事相告。

今天是孟秋望日，我有一個寶盆，裡面種著百種奇花，千種異果。

為了與你們共用，我在此舉辦一次「盂蘭盆會」。

🍃 隨後，佛祖讓阿儺、迦葉將盆中花果布散開來。

> 這麼好的東西，當然應該大家一起分享。你們快去吧。

🗡 當天，如來佛祖講完經後，提起了南贍部洲惡事多發的現狀。

> 世上有四大部洲。東勝神洲、北俱蘆洲、西牛賀洲，這三洲的人都敬畏天地，生活和睦。

> 唯獨那南贍部洲的人，爭權奪利，殺戮不斷。我這裡有三藏真經，可以用來勸他們從善。

4 鎮壓五行山

🍃 這三藏真經，可談天、說地、度鬼，是修真之經。

🗡 佛祖本想將三藏真經送到南贍部洲的東土，但是那裡的人非常愚昧，竟然出言誹謗真經，怠慢佛法。

> 什麼真經，我看是神經還差不多，走開，別打擾我做生意！

於是，佛祖便想在東土找一個虔誠的信徒，讓他苦歷千山，詢經萬水，來西天求取真經。

然後再由信徒將真經帶回東土傳播，勸那裡的人從善。

交錢！快點！

施主，你需要這三藏真經開導自己。

這是什麼……好強大的力量！

兄弟，不好意思，剛才弄疼你了吧，走，我請客，以後咱們就是好朋友了！

阿彌陀佛。

4 鎮壓五行山

🌫 觀世音菩薩聽後，走到佛祖的蓮台前。

> 弟子願意去東土尋找適合來取經的人。

🖊 佛祖見了，心中大喜，對菩薩進行了一番囑咐。

> 取經人必須一步步走來，不能騰雲駕霧。

> 還要時刻記著自己一共走了多少路。

> 這是我的一小步，卻是取經路的一大步！

> 這幾點一定要銘記。

> 是,弟子明白。

🖊 隨後,佛祖又讓阿儺、迦葉取來五件寶貝。

> 這些寶貝都帶上吧。

4 鎮壓五行山

「錦襴袈裟」和「九環錫杖」是給取經人用的。

你收好，屆時將它們贈給取經人。

取經人如果內心足夠堅定，穿著這袈裟，便不用墮入輪迴；拿著這錫杖，就可以免遭毒害。

🌀 接著，佛祖又拿出三個箍兒，告訴菩薩這寶物叫作「緊箍兒」。

> 這箍兒非同一般。

🏹 取經人如果在路上碰到神通廣大的妖魔，可以收他們當徒弟。

4 鎮壓五行山　113

🌀 如果妖魔不聽使喚，取經人可以把緊箍兒戴在妖魔的頭上，念動緊箍咒，這樣妖魔就會頭疼欲裂，乖乖聽話。

🪄 菩薩拿著佛祖賜的寶物，帶上惠岸行者一起下了靈山，前往東土尋找那適合到西天取經的人。

觀音菩薩能順利找到取經人嗎?
在路上會遇到什麼妖魔鬼怪呢?

且看下回分解。

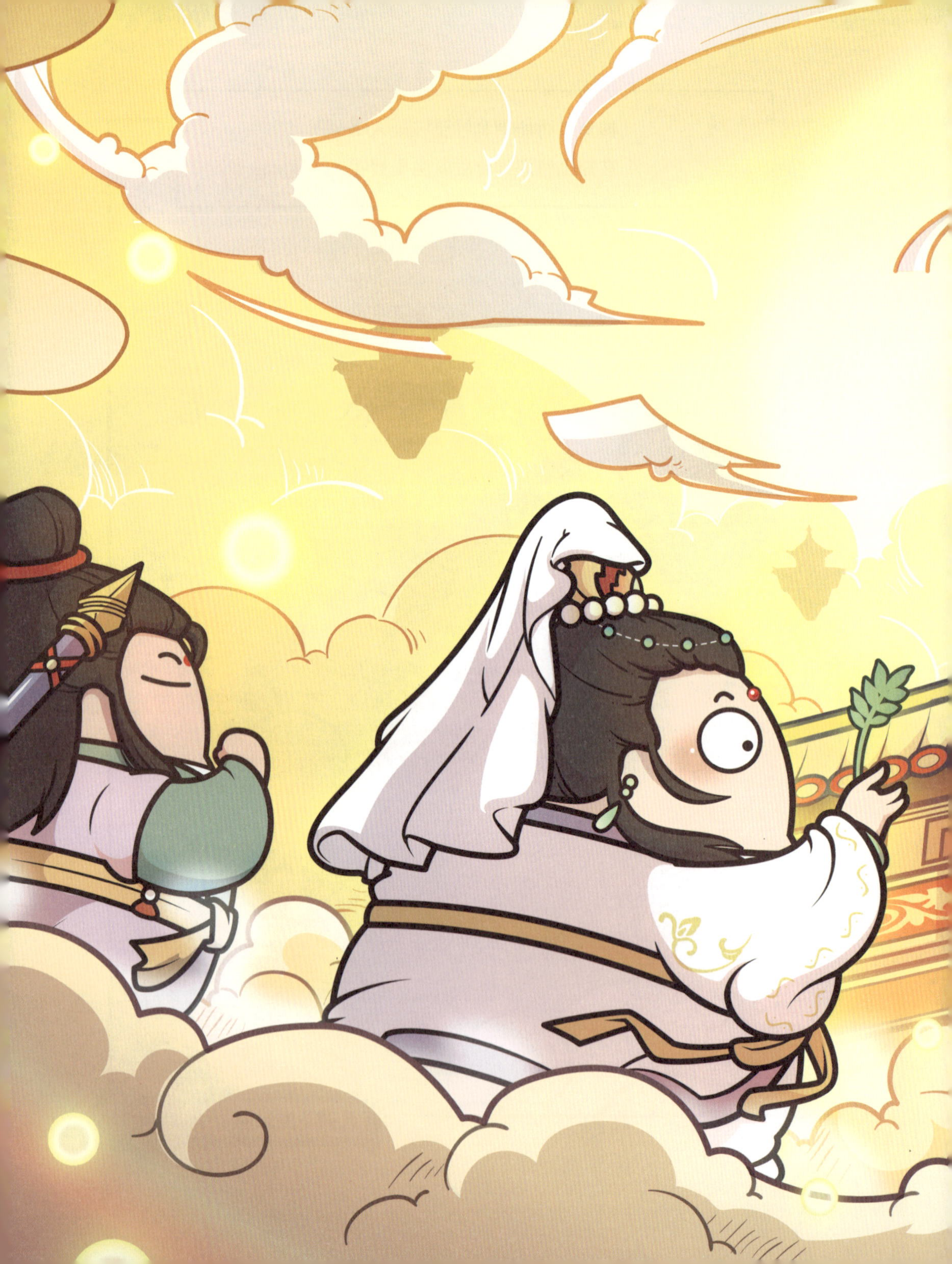

降妖收徒

5

🐍 在尋找取經人的路上,菩薩與惠岸路過了流沙河。那流沙河波浪滔天,又有千萬里長,看不到一葉扁舟。

> 徒弟啊,這麼寬的一條河,別說船了,連一片浮起來的蓮葉都沒有,取經人到了這裡該怎麼渡河呀?

🪄 菩薩正說著,只見那河中一聲巨響,從水波裡跳出來一個妖怪。

🌙 這妖怪一頭紅髮，青面獠牙，奇醜無比，手持寶杖，脖子上戴著骷髏串兒。

> 站住！此路是我開！此樹是我栽！留下性命來！

🗡 見菩薩和惠岸在流沙河邊，妖怪便揮舞著寶杖衝了過來，被惠岸用鐵棍擋住。

> 妖怪！你得無禮！

> 我偏要無禮又如何！

> 先打贏我再說！

5 降妖收徒

🌀 雙方來來往往大戰了幾十個回合，不分勝負。

漸漸的，那妖怪打累了。

你是哪裡來的和尚，敢與我為敵？

我是托塔天王二太子木叉，法名惠岸。我現在要保護我師父去東土尋找取經人。你是何方妖怪，這麼大膽，竟敢阻攔我們？

🍃 聽了這番話，那妖怪方才醒悟。

> 我記得你跟南海觀音在紫竹林修行，怎麼到這裡來了？

> 那岸上的不就是我師父？

🗡 那妖怪聽惠岸這麼說，便收起了手中寶杖，變得唯唯諾諾，被惠岸揪著去見了菩薩。

> 菩薩恕罪，我不是妖怪！

5 降妖收徒

原來這妖怪曾是靈霄殿下侍奉玉帝的捲簾大將，只因在蟠桃會上失手打碎了玻璃盞，被玉帝罰了八百杖，貶下界來，變成了現在這般模樣。

好大膽子！給我打他八百杖！貶入下界！

玉帝還派天兵每七天就用飛劍將他的胸膛刺穿百十下。

堅持一下，還有七十多劍呢。

🍃 這妖怪疼痛難忍，又飢寒難耐，只能隔個兩三天就出來吃個經過的路人，沒想到今天被菩薩撞見了。

> 這河裡除了沙子和石頭什麼都沒有……

咕咕

🗡 菩薩覺得這妖怪在天上有罪被貶下凡來，不僅不知悔改，還在流沙河傷生，這可是罪上加罪，就勸他皈依佛門，當那個取經人的徒弟，去西天拜佛求經。

> 我讓你免受飛劍之苦，等你取經歸來，再讓你官復原職，你覺得怎麼樣？

> 我願皈依佛門。

5 降妖收徒

🍥 於是，菩薩便指沙為姓，給這妖怪起了個法名，叫沙悟淨，讓他洗心革面，不要再傷生，在這裡等候取經人的到來。

> 這裡這麼多沙子，就叫你沙悟淨吧！

🗡 菩薩還特意囑咐他，要一直戴著骷髏串兒，等取經人來了自然會有用處。

> 你的骷髏串兒不能摘下來。

> 不會嚇到他嗎？

> 到時自有用處。

🍥 然後，菩薩就跟他道別，與惠岸繼續前往東土。

降妖收徒

西遊記

在前往東土的路上，菩薩與惠岸又遇見一座高山，山上妖氣彌漫。

師父，看！
好重的妖氣！

菩薩正準備駕雲飛過去，不料一個妖怪擋住了他們的去路。

走，跟為師去看看。

嗖

此路是我開！
此樹是我栽！

好傢伙，又來一個！

🌙 這妖怪長得十分凶惡，豬臉人身，耳朵像蒲扇，獠牙像鋼銼，長長的嘴巴像個火盆，手裡還拿著一把釘耙。

> 要想從此過！留下買路財！

嗖

🗡 看到菩薩靠近，那妖怪舉著釘耙就往菩薩身上打去，被惠岸擋了下來。

> 豬妖休得猖狂！看棒！

噹啷

雙方一衝一撞,鐵棍對上釘耙,激戰了起來。

這時,觀音在半空中拋下一朵蓮花,將雙方隔開。

那妖怪見了蓮花，心中頓時有些害怕。

> 你們是哪裡來的和尚？怎麼有這種蓮花？

> 南海菩薩？可是掃三災救八難的觀世音？

> 你這肉眼凡胎的怪物！我是南海菩薩的徒弟，這蓮花是我師父拋下來的。

> 不是她還能是誰？

那妖怪聽了，急忙撇下釘耙，對著蓮花拋來的方向磕頭。

> 菩薩，恕罪！恕罪！

> 我師父在這邊。磕頭都磕錯方向了。

5 降妖收徒　129

🍃 菩薩從天上緩緩飛下來。

> 你是在哪裡成精的野豬，敢在這裡擋我的去路？

🗡 這妖怪連忙解釋，說自己不是野豬，而是天河裡的天蓬元帥，只因喝醉酒調戲嫦娥……

> 我本是那天蓬元帥。

> 英俊瀟灑，風度翩翩。

> 只因喝醉酒調戲嫦娥……

玉帝知道這事後，就打了他兩千錘，將他貶到凡間。沒想到他投錯了胎，投在了一隻母豬的胎裡，就變成了半人半豬的模樣。

後來，這妖怪占領了這座山，靠吃人度日。

> 這日子好像也還不錯……

這座山叫作福陵山，山裡有一個洞，叫作雲棧洞。

> 這位大嬸，請問這裡是雲棧洞嗎？

> 哎呀，叫人家卵二姐嘛，我是這個洞的主人，這位豬哥不要客氣，進來坐吧。

🌙 卵二姐見這妖怪有些神通，就讓他倒插門當了自己的丈夫。

怎麼？夫君你不喜歡我嗎？

喜，喜歡……

🗡 但是不到一年，卵二姐就死了，這洞和家當就都歸了這妖怪。

只剩自己了，確實寂寞啊……

5 降妖收徒

菩薩覺得這妖怪因為有罪被貶下凡後還吃人作惡，簡直是錯上加錯，就教訓了他一番。

凡間有五穀雜糧，都能讓你填飽肚子，你為什麼偏偏靠吃人度日？

這怪物聽了菩薩的一番話，如夢初醒，對著菩薩一直磕頭，表示願意改邪歸正，希望菩薩可以點撥點撥自己。

是我錯了！菩薩救救我吧！

既然如此，我就給你指條明路。

🍃 菩薩將自己要去東土尋找取經人的事告訴了這妖怪,並表示可以讓他給取經人當徒弟,將功贖罪,化解罪孽。

> 我願意!願意!

🖌 菩薩指身為姓,讓這怪物姓了豬,又給他取了個法名,叫作豬悟能。

> 謝菩薩賜名!

🍃 同時,菩薩還叮囑他從此在這裡吃齋念經,不能傷人,等候取經人的到來。

5 降妖收徒

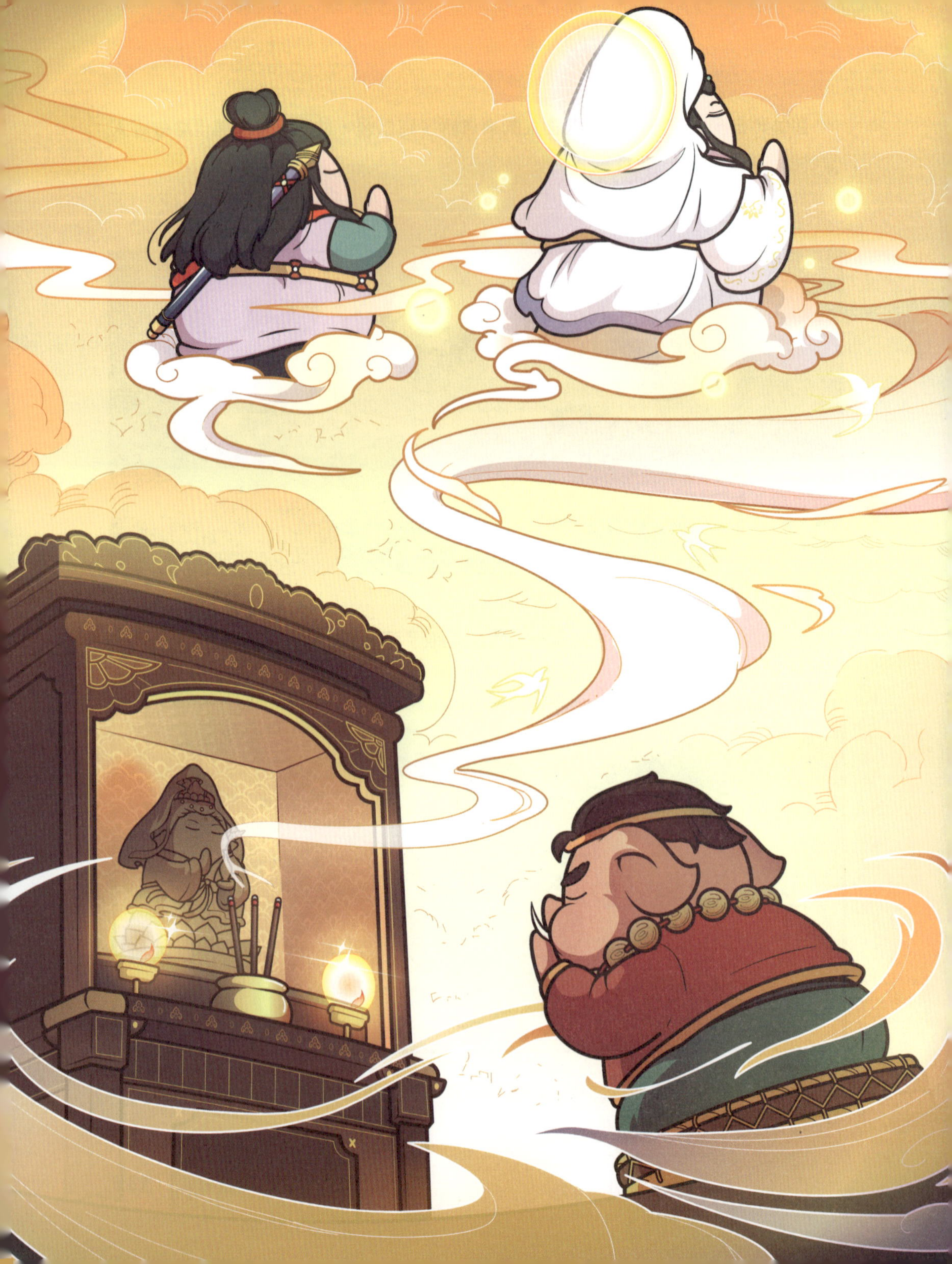

🍃 菩薩與惠岸跟悟能告別後，就駕起雲飛到半空中，飛了一段時間，突然聽到龍的慘叫聲。

> 嗯？

> 真的有，師父，好像有什麼東西在慘叫。

> 惠岸，你有沒有聽到什麼聲音？

> 在這邊啦！在這邊！

🍃 菩薩飛到慘叫聲傳來的地方，看到一條玉龍被吊在空中。

> 菩薩救我！

> 你是哪裡的龍？為什麼會在這裡受罪？

5 降妖收徒　137

這玉龍將事情的原委告訴了菩薩。原來這玉龍是西海龍王敖閏的兒子，但放火燒毀了殿上明珠。

錯的不是我，是這個世界！

啊啊啊啊啊！我的明珠！

兒子，你幹啥呢？！

嘿嘿嘿嘿

結果，他被父親告上了天庭。

陛下，你看看我這兒子做的好事！請務必懲罰他！

嗯……好的，好的！

🍃 玉帝罰了他三百鞭，還要擇日誅殺他。現在他被吊在空中，就是在等著被殺。

都說虎毒不食子，我父親竟然因為一顆珠子……嗚嗚嗚。

菩薩！你一定要讓玉帝饒我一命！求求你了！

5 降妖收徒　139

菩薩聽完玉龍的傾訴，就帶著惠岸來到了南天門，剛好碰上邱、張兩位天師。

二位，貧僧要見玉帝一面。

二位天師聽後連忙上奏玉帝。玉帝知道是菩薩來了，親自從靈霄殿中出來迎接。

有失遠迎！
有失遠迎！

🌙 菩薩便將自己奉佛旨去東土尋找取經人的事告訴了玉帝，希望玉帝饒恕那玉龍，讓他當取經人的坐騎來贖罪。

> 因果循環，孽龍自有他應得的命運和造化。

> 好，朕明白了。

🏹 於是，玉帝便派天將為玉龍鬆綁，並將他交給了菩薩。

> 解！

🌙 這玉龍得救後一直給菩薩磕頭，感謝菩薩的救命之恩。

5 降妖收徒

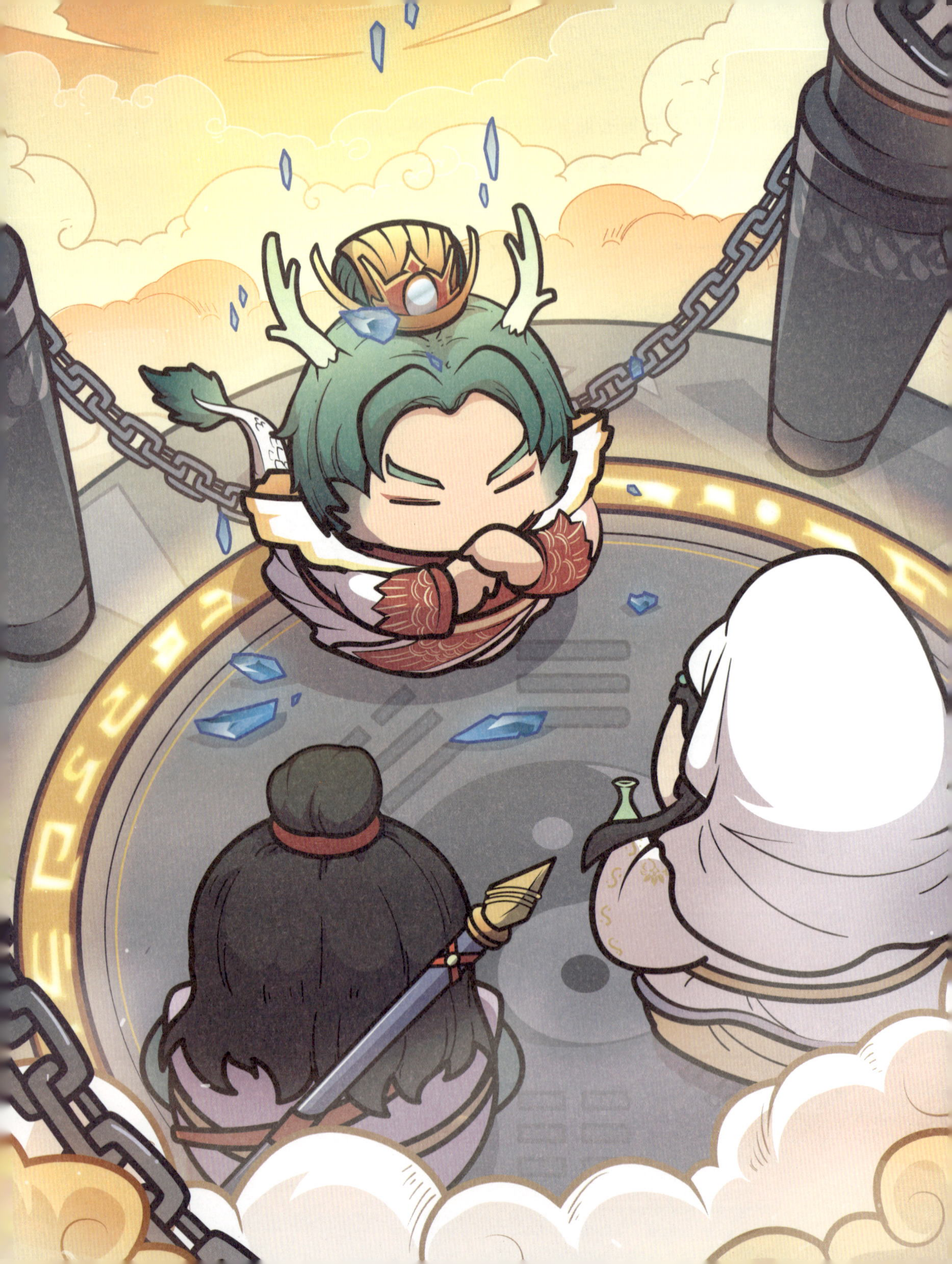

🍃 菩薩將玉龍安置在了一座山的深澗之中。

> 你只管在這裡等取經人到來,到時候變成白馬,和取經人一起去西天取經。

> 玉龍領命。

🍂 隨後,菩薩與惠岸再次出發,直奔東土。

5 降妖收徒

沒走多久，菩薩與惠岸見到了一座奇山，那山金光萬道，充滿祥煙瑞氣。

走近一看，原來放出光芒的是如來佛祖的六字壓帖。

就是這裡了。

唵嘛呢叭咪吽

好強的法力！

菩薩會放出被壓在山下的悟空嗎？
菩薩和惠岸在尋找取經人的路上又會經歷什麼呢？

且看下回分解。

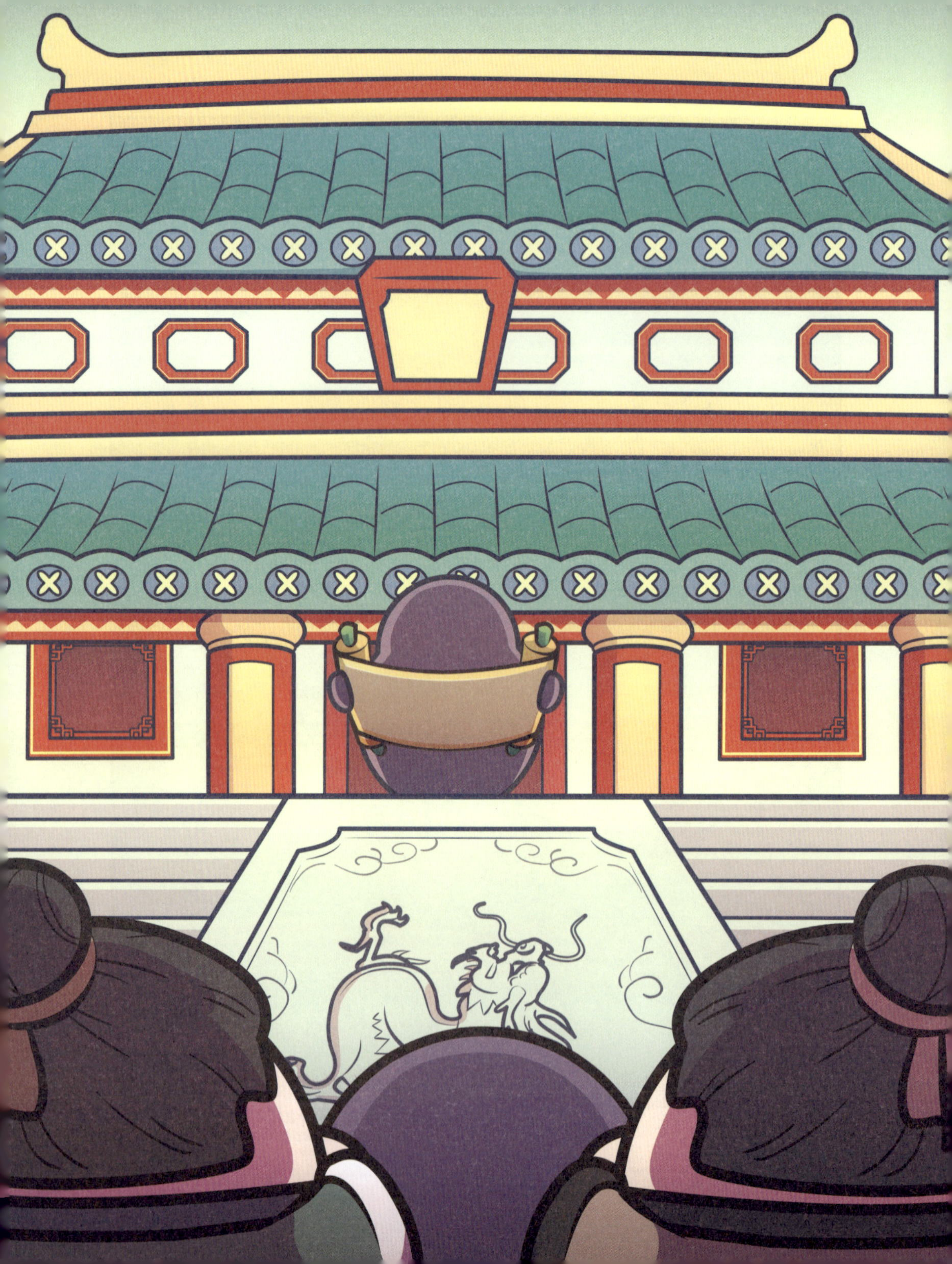

6

陳光蕊遇難

🌀 菩薩順著壓貼往山下走，來到石崖下面。土地公、山神、監押大聖的天將見菩薩來了，都出來拜見菩薩。

> 小神見過菩薩。

🌀 隨後，他們便將菩薩帶到了壓住悟空的地方。

> 菩薩，前面就是壓住大聖的地方了。

🍃 菩薩來到悟空面前，只見他被壓在石頭縫裡，只能說話，不能活動身體。

> 姓孫的，你認識我嗎？

> 好耀眼！

🖌 悟空睜開火眼金睛，一看來的是南海觀世音菩薩，連忙點頭回應。

> 認得認得，你是那南海觀世音菩薩！這些年來，從沒有個認識的來看過我。菩薩是從哪裡來的？

6 陳光蕊遇難

🐍 於是，菩薩便將自己奉佛旨去東土尋找取經人的事情告訴了悟空。

> 你這些年來過得怎麼樣？

🗡 悟空自從被佛祖「哄騙」之後，就被壓在這五行山下，至今已經五百多年，身子骨都伸展不開了。

> 這五行山壓得俺老孫要喘不過氣來了！

接著,悟空便向菩薩求救。

你這猴子罪孽深重,我救你出來,你又去禍害眾生。

望菩薩方便方便,搭救一下俺老孫!

菩薩,我真的知道錯了,您就大發慈悲給我指條明路吧!

菩薩聽悟空這麼說,十分高興,覺得既然悟空有這份心,就可以讓他做東土取經人的徒弟。

等我找到取經人,就讓他來救你,你當他的徒弟,跟著他取經修行,怎麼樣?

好的!好的!

6 陳光蕊遇難

說完，菩薩準備也給悟空取個法名。悟空卻說自己已經有法名了，叫作孫悟空。

菩薩聽了，面露笑容。

我此前收服的兩個人，也是「悟」字排行。如今你也是「悟」字，甚好！甚好！

兩個人？

🌙 跟悟空寒暄完，菩薩就帶著惠岸離開了五行山，直往東邊飛去。

一路順風呀！菩薩！

🏹 不到一天，他們就到了長安大唐國。師徒駕雲落地，變成了兩個雲遊的和尚。

惠岸，進了城之後可要低調行事。

師父放心！

6 陳光蕊遇難

師徒進入長安城時天已經黑了,便來到了一座土地廟。廟裡的土地公知道這兩個和尚是菩薩師徒變的,便磕頭迎接。

> 菩薩祕密到訪!小神迎接不周!望菩薩見諒!

這個土地公還將這件事傳給了長安城內所有的廟堂神祇,引得眾神紛紛來參見菩薩。

> 菩薩恕罪,小神來晚了。

🌀 菩薩便將自己奉佛旨來這裡尋找取經人的事情告訴了眾神，叮囑他們不要走漏消息。

你們可要替貧僧守好這個祕密。

菩薩放心！

🗡 菩薩還借走了土地公的土地廟，使得土地公只能搬到城隍廟暫住。

小童謝過土地公了！

仙童多禮了。

羨煞我也啊！

好神氣呀！能讓菩薩住他的廟！

菩薩能住在小神的廟裡，是小神沾了菩薩的光！該小神說謝謝才是！

6 陳光蕊遇難

話說，當時正是唐太宗當政時期，天下太平，八方進貢，四海稱臣。在丞相魏徵的建議下，為了招攬人才，唐太宗決定舉辦科舉考試。

奉天承運，皇帝詔曰……

凡是通過童試、鄉試、會試的人，就可以到長安參加殿試。

長安

海州有個叫陳光蕊的人，通過了層層選拔來到長安參加殿試。陳光蕊出類拔萃，順利中選，還被皇帝御筆欽賜狀元。

陳光蕊遇難

西遊記

🌙 這陳光蕊愛情事業雙豐收，中了狀元之後，不僅娶了丞相殷開山的女兒殷溫嬌為妻，還被唐太宗派到江州做州主。

🗡 在去江州赴任之前，陳光蕊還回了一趟海州老家接上老母親張氏同往。

🌙 上路幾天後，張氏突然染病，沒法繼續前行，他們就找了一家客棧安頓了下來。

客官裡邊請！

🖌 第二天早晨，陳光蕊見店門前有個人在賣金色鯉魚，便用一貫錢買了下來，想著煮給母親吃補補身子。

老先生，來條魚。

6 陳光蕊遇難　159

🍃 陳光蕊正準備將魚煮給母親吃，卻發現這條魚在不停的朝他眨眼，頓時心驚。

聽聞這魚蛇眨眼，都不是凡間之物。

剛才這魚是不是眨眼了？

🗡 於是，陳光蕊就帶著這條魚來到洪江邊放生。

回去吧！魚兒！

完事後，陳光蕊回到客棧，又在客棧住了三日，但是他母親的身體並沒有好轉。

> 你們小倆口先去上任吧，給我租間屋子，留點盤纏，秋涼時再回來接我就好。

給母親租了屋子後，陳光蕊就與妻子出發，來到了洪江渡口。

6 陳光蕊遇難

🌙 兩個叫劉洪、李彪的船夫撐著船來接他們。劉洪貪圖殷小姐的美色，起了歹心。

哇！美女啊！

這小美人要是歸我該多好……

🗡 劉洪與李彪商量好，將船撐到了沒人能看到的地方。

就這裡了，快去給我拿傢伙……

🌙 然後，他們趁著夜黑將陳光蕊打死，丟進了河裡。

🗡 那歹徒劉洪不僅霸占了殷小姐，還假冒陳光蕊，帶著官憑與殷小姐前往江州上任去了。

6 陳光蕊遇難

🥄 陳光蕊的屍體沉到江底後，被巡邏的夜叉看到。夜叉將事情稟報給了龍王。

怎麼有個死人？得趕緊告訴龍王！

看到屍體你還不快搬回來！

🥄 龍王看到是陳光蕊的屍體，大吃一驚。

這不是我的救命恩人嗎？他是被誰害死的？

為了報恩，龍王派夜叉去洪州的城隍廟和土地廟將陳光蕊的魂魄要了回來。

> 來，跟著我走，我家龍王要見你。

> 嗚嗚嗚……多謝相助！

夜叉順利將陳光蕊的魂魄帶回水晶宮，交給了龍王。

> 先生，你是我的救命恩人，你之前放的那條金色鯉魚就是我。

6 陳光蕊遇難

◞ 問清陳光蕊的來歷以及被害的原因後，龍王在陳光蕊屍體的口中放了一顆定顏珠，保證陳光蕊肉身不腐，日後還能用這具肉身還魂報仇。

> 為什麼看著有點怪怪的……

◢ 卻說殷小姐那邊，她雖然痛恨劉洪，但因為懷了陳光蕊的孩子，為了保證孩子順利出生，只能先從了劉洪。

> 哈哈哈！發達了！現在這些全都是我的！

🍃 不知不覺幾個月過去了,一天,殷小姐在庭院裡休息,突然腹部一陣劇痛,暈倒在地。

> 好痛!好痛!

🍃 在昏迷狀態中,殷小姐生下一個兒子。

6 陳光蕊遇難

當時，殷小姐還隱約聽到有人說話。

> 我奉觀音菩薩法旨，送這個孩子給你。劉賊肯定會害這孩子，你一定要保護好他。你的丈夫被龍王救了，以後你們會相聚的。

殷小姐醒後剛把孩子抱起來，劉洪就回來了。

> 那個孽種在哪兒！

🌙 劉洪看到孩子,便準備將他丟進江裡淹死。

> 這個孽種不能留下,我要把他扔到江裡!

> 今天天色已晚,明天再去拋到江中吧。

🗡 第二天一早,劉洪因為公事出遠門,殷小姐就趁機跑到江邊,咬破手指,寫下血書,將孩子的來歷寫得清清楚楚。

6 陳光蕊遇難　169

🍂 然後，殷小姐又將孩子左腳的小指頭咬下，作為以後相認的記號。

孩子……
娘對不起你，
請原諒娘。

嗚嗚嗚嗚嗚！

咬！

乖孩子，不疼
不疼，不疼……

🍂 大哭一場後，殷小姐將孩子放到了一塊漂在水中的木板上。

孩子躺在木板上順流而下，漂到了金山寺腳下。

金山寺的長老法明和尚看到，慌忙將他救上了岸。

6 陳光蕊遇難　171

🍃 看到孩子懷中的血書，法明和尚知道了孩子的來歷，便將他收養，取了個乳名叫作江流。

好孩子，從今天起你就叫江流吧。

🗡 不知不覺十八年過去了，江流長大成人，削髮出家，取法名為玄奘。

🍃 但是,玄奘心中最大的困惑就是自己的親生父母是誰。

> 我也想和父母一起拜佛……

🍃 在玄奘的再三請求下,法明長老將血書給了他。

> 長老!長老!今天你要是不答應我,我就不起來了!

> 給你給你!出家之人怎能如此!

6 陳光蕊遇難

看完血書後，玄奘知道了父母的姓名和他們的冤仇，淚流滿面，發誓要為父親報仇。

我一定要為父親報仇！

經師父允許，玄奘以化緣的名義前往江州衙門尋找自己的母親。

玄奘能順利見到自己的母親嗎？
他能成功為父親報仇嗎？

且看下回分解。

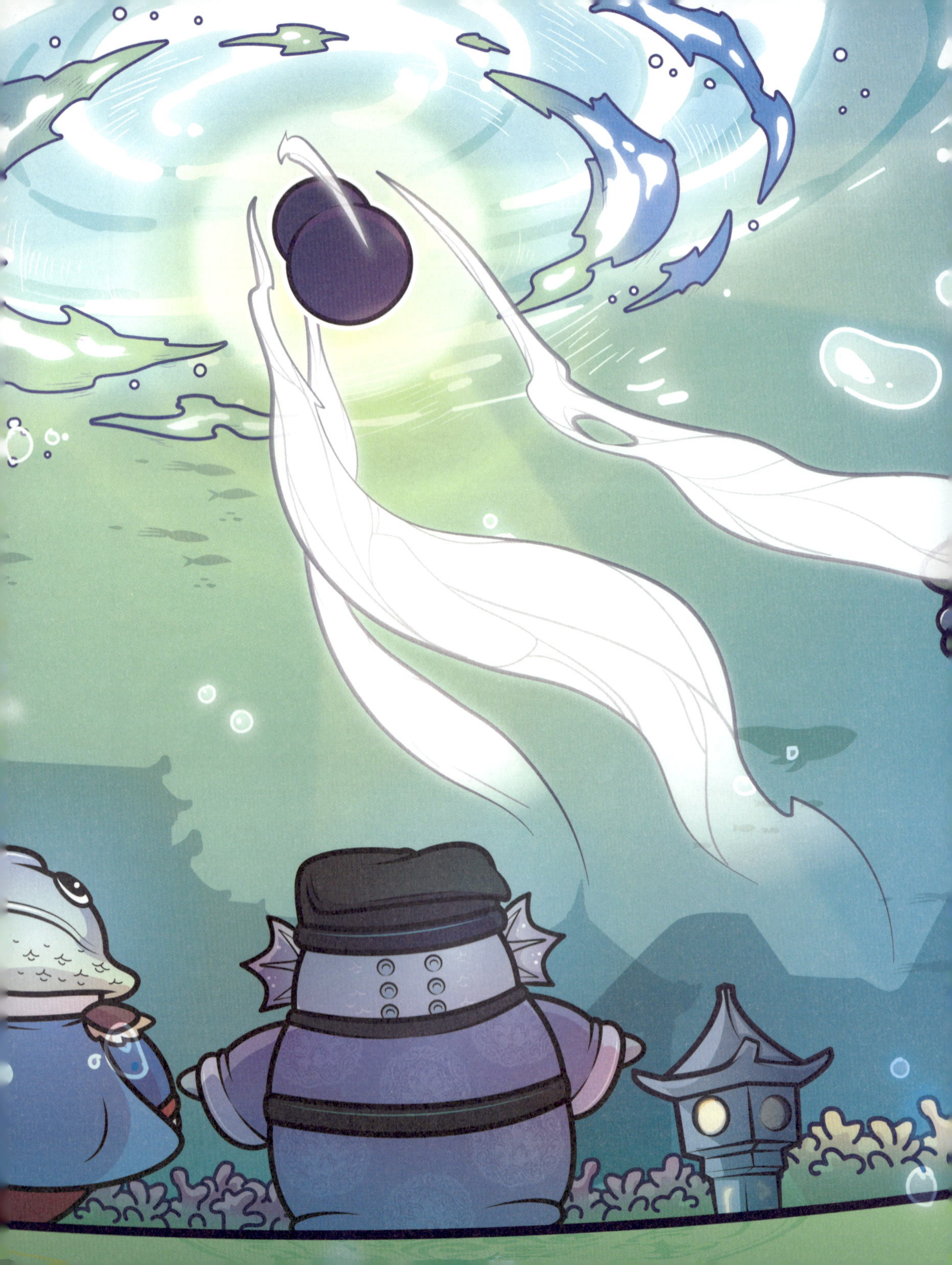

7

神算袁守誠

🔹 玄奘扮成化緣的和尚來到了江州，正好那天劉洪不在府中，他就順利見到了母親殷溫嬌。

娘！我想死你了！

娘？難道你是……

🔹 有血書為證，母子迅速相認，痛哭著抱在了一起。

孩子，這裡不安全，你先回寺廟中去吧！

🌙 過了一段時間，殷小姐以還願的名義，帶著上百雙僧鞋來到了金山寺法堂。法明長老將僧鞋分發給了寺內的僧人。

🗡 等到僧人們都散了，殷小姐就讓玄奘脫了鞋襪試鞋。

> 孩子，快來試試這雙鞋。

7 神算袁守誠

🐉 當看到玄奘的左腳果真少了一根小趾頭時，殷小姐抱著眼前的玄奘再次痛哭了起來。

> 你真是我的孩子啊！娘想死你了！

> 這，這是！

🗡 殷小姐將婆婆張氏所在地，以及她的親生父親是當朝丞相殷開山的事告訴了玄奘，並給了他一封書信，讓他拿著這封書信去與外公相認。

> 讓你外公稟奏唐王，統領兵馬前來擒殺這賊人。

玄奘先去找到了自己的奶奶，奶奶因為沒錢繼續租房，現在住在破瓦窯裡，整日靠乞討填飽肚子。

> 我佛慈悲……咦？你好像是我奶奶？

玄奘給奶奶租了一間屋子，留下了一些盤纏便趕赴京城去了。

> 我一個月後就回來接您。

7 神算袁守誠

🍃 玄奘來到京城，找到皇城東街殷丞相府上，順利見到了殷丞相夫婦，並將母親的書信交給他們。

> 貧僧有封信想請您過目。

🗡 丞相拆開書信，從頭讀到尾，放聲痛哭，並與玄奘相認。

> 我要親自統兵，為女婿報仇！

第二天上朝，殷丞相就將劉洪殺死自己的女婿，強娶自己的女兒為妻，假冒狀元陳光蕊當官多年的事告訴了唐王。

陛下！您可要為我女婿一家做主呀！

在我眼皮子底下竟還有這種欺世盜名之事！

唐王大怒，調給殷丞相六萬御林軍，讓他親自帶兵前往江州剿除劉洪。

7 神算袁守誠　183

很快，殷丞相帶兵殺到了江州，在劉洪還沒睡醒的時候就把他抓了起來，帶到法場行刑。

趕緊將那罪人抓起來！

我怎麼了？

你說你怎麼了？！

殷小姐得知丈夫血仇已報，又羞於見父親，便準備自縊，好在被玄奘勸了回來。

母親且慢！

母親，你怎麼能這樣？

&^(*%#&^#*@^@^
@&@*@\@&@&^#^#
&&^$%@^$^&*"＞"
:"!@#&@) @*¥#¥*
………#*（¥#@
……%¥%@!*

好了！好了！為娘不尋短見了！你快別念了！

🍃 這時殷丞相也來到殷小姐身邊，和女兒相擁而泣。

> 女兒，為父來晚了！

🗡 隨後，殷丞相起身前往法場，恰好水賊李彪也被江州官員抓了過來。

🌙 殷丞相命人將劉洪、李彪每人痛打一百大棍,讓他們如實交代自己當年害死陳光蕊的事情。

只因我貪圖殷小姐的美色……

去死吧!

接過

🗡 最終,李彪被釘在木驢上,剮了千刀,斬首示眾。

時辰已到!

我斬!

哇啊啊啊!

🍃 劉洪則被帶到洪江渡口，當年他打死陳光蕊的地方。殷丞相、殷小姐和玄奘也親自來到江邊，取出劉洪的心肝丟進江中，並燒了一道祭文祭奠陳光蕊。

✏️ 然後，三人望江痛哭，結果他們的哭聲驚動了龍王。

嗚嗚……相公！

嗚嗚嗚

是何人在岸邊哭泣？

7 神算袁守誠　187

🐉 龍王讀了巡海夜叉呈上的祭文，得知岸上的是陳光蕊家人，就給了陳光蕊一堆海底珍寶。

大王，是陳光蕊的祭文。

光蕊兄，我給你準備了些珍寶，一起帶上吧。

原來是他的家人啊。

🗡 於是，龍王讓夜叉帶著陳光蕊去江口還魂。陳光蕊再三拜謝。

光蕊兄，你跟著夜叉游到江口，就能還魂了。

多謝龍王！

龍王，陳某就此別過啦！

🍃 正當殷小姐他們再次陷入悲傷的情緒時，水面上漂過來一具死屍，正是陳光蕊。

什麼情況？！

撲通

咕嚕咕嚕

🗡 這具屍體舒拳伸腳，爬起來坐在了地上，把圍觀的人嚇了一跳。

岳父……娘子……

冤有頭債有主！
好女婿別認錯人了！
你不要過來啊！

哇啊啊啊啊！鬼啊！

岳父，娘子，你們
怎麼都在這兒？別怕！
我是光蕊啊！

7 神算袁守誠　189

殷小姐見到死而復生的丈夫，放聲痛哭，將這些年來發生的事情告訴了他。

夫君？是夫君回來了嗎？

夫君！你的仇！我終於替你報了！

娘子！是我啊！

這些年來苦了你了。

陳光蕊也將自己被龍王保住肉身並最終還魂的事情告訴了家人。

多虧我曾經救下的一條金色鯉魚，他是龍王，救了我一命。

慶祝一番後，殷丞相便準備帶著大家一起回京，而陳光蕊一家三口則打算先去接母親張氏。

那我們回頭再見。

回頭見！

見到母親張氏後，母子二人抱頭痛哭一場，隨後便一起往京城丞相府去了。

母親，孩兒不孝，差點就見不到您了。

沒事就好！沒事就好！

好啊！咱們一家終於團圓了！

7 神算袁守誠

次日早朝，殷丞相向唐王舉薦陳光蕊。唐王准奏，授陳光蕊學士之職。

丞相舉薦的人一定不錯，朕非常相信你的眼光！

玄奘只想當僧人，就來到了洪福寺修行。

🌀 長安城外的涇河邊，有兩個隱姓埋名的才子，一個是漁翁張稍，另一個是樵夫李定。

🍃 兩人過著不爭名利的生活，整日砍柴、捕魚，對酒當歌，吟詩作對。

一天，張稍告訴李定，長安城西門大街上有一個算卦先生，他每送算卦先生一尾金色鯉魚，這先生就會為他算上一卦，告訴他哪裡可以釣到更多的魚，保證他滿載而歸。

> 算卦先生……

> 還有這等事？

> 上次我送的金色鯉魚可大了！先生算得那叫一個準！

兩人不知道的是，他們的閒談被躲在草裡的涇河水府夜叉聽去了。夜叉跑到水晶宮，將這事稟報給了龍王。

> 什麼狗屁算卦先生！

> 竟敢妄自揣測天意！我這就去砍了他！

🌊 一旁的龍子、龍孫、蝦臣、蟹士連忙將龍王攔住，提醒龍王如果提劍前去，必然會帶上烏雲。

父王三思啊！

🗡 到時候天降暴雨，驚動了長安的老百姓，玉帝也會怪罪下來。

7 神算袁守誠

龍王覺得有道理，就放下寶劍出發了。

> 不帶就不帶，空手我也能收拾他！

> 父王！別衝動！

龍王上岸後搖身一變，變成一個白衣秀士，身穿玉色羅服，頭戴逍遙一字巾，風度翩翩，舉止文雅。

> 哇！好俊俏的公子啊！

> 哎呀呀！老娘我活了大半輩子，才知道咱們這鎮上還有這號靚仔！

🐉 龍王來到長安城西門大街上，只見一個門面處圍著一群人，非常熱鬧，不時傳出高談闊論的聲音。

屬龍的本命，屬虎的相沖。寅辰巳亥，雖稱合局，你今天怕是犯了太歲。

好傢伙！隔了這麼遠都能聽到你吹牛！

🖋 龍王知道這必然是那個算卦之人了，便分開圍觀的人，上前觀看。

看我略施小術。

7 神算袁守誠　197

🐉 只見這地方非常華麗，牆面上鑲滿珍珠寶玉，用的紙墨筆硯也都是頂級的。

喔，不比我龍宮差啊！

🖌 龍王抬頭看去，這門面上還掛有一塊招牌，招牌上寫著「神課先生袁守誠」七個大字。

這名頭起得倒是挺響。

哼，待本王進去會會他！

神算袁守誠

西遊記

🍃 原來，這袁守誠就是當朝欽天監台正先生袁天罡的叔父。

🍃 龍王走進門內，與袁守誠見面行禮。袁守誠請龍王上座，並命童子獻茶。

久仰先生大名，小生前來算上一卦。

裡邊請，裡邊請。

接著，袁守誠便問龍王想算什麼。

> 咱就算算這天上的陰晴如何？

袁守誠算了一卦，說烏雲遮住了山頂，大霧也罩住了樹林，如果下雨的話，肯定是在明天。

> 待我掐指算來……

> 烏雲遮山……

> 大霧罩林……

> 如果有雨，定是在明天！

7 神算袁守誠　201

🌙 龍王接著追問。

> 那明天什麼時候下雨？又會下多少雨呢？

> 辰時布雲，巳時發雷，午時下雨，未時雨停。降雨三尺三寸零四十八點。

🪶 見袁守誠回答得這麼精準，龍王笑了笑。

> 這可不能開玩笑啊！如果明天有雨且跟你說的不差，我就帶上五十兩黃金來答謝你。

> 但如果有一點偏差，我定要砸爛你的門面，將你趕出長安！

> 啊，這⋯⋯

明天真的會下雨嗎？
袁守誠為何能把雨量算得如此精準？

且看下回分解。

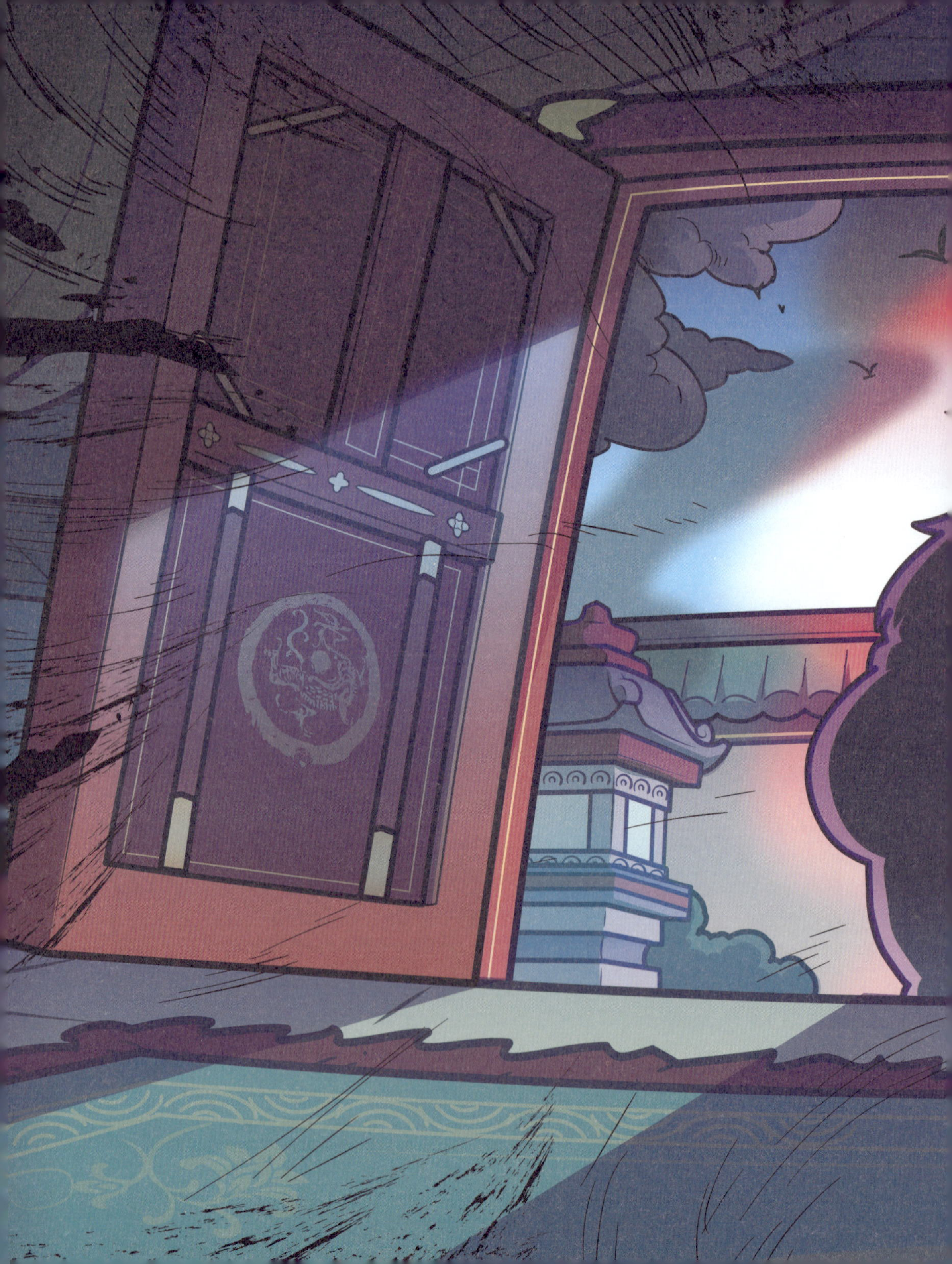

夢斬龍王

8

🐚 龍王回到水府,將自己和袁守誠打賭的事情告訴了眾水神。眾水神聽完後哈哈大笑。

> 大王是掌管雨水的大龍神,有雨沒雨,大王是最先得知的,他怎麼敢胡言亂語?

🖊 正在大家笑著談論這事的時候,只聽到半空中傳來了一陣叫喚聲:「涇河龍王接旨!」

> 涇河龍王接旨!

🌀 大家抬頭看去,原來是一個金衣力士,手裡拿著玉帝的聖旨。

原來是聖旨送到,還請使者大人稍等。

🖌 涇河龍王急忙整理衣服,焚香接旨。

你好了沒有?

等等,我再把我的鬍子整理一下!

8 夢斬龍王 207

🌙 金衣力士走後，龍王便打開聖旨，上面寫著讓龍王明天降雨普濟長安城的事情。

> 明日降雨，普濟長安城……
> 辰時布雲，巳時發雷……

> 午時下雨，未時雨停。降雨三尺三寸零四十八點……

🖋 就連降雨時間與降雨點數都跟袁守誠說的不差分毫，嚇得龍王魂飛魄散。

> 哇！這世上還有這種神人！真的能通天徹地，我輸了！

見龍王如此震驚與沮喪，鰣軍師便給龍王出了個主意，讓龍王降雨的時候，稍微改一下時辰和降雨點數，輸的就是那袁守誠了。

> 大王莫慌，微臣想出一計。

> 明日降雨時辰和降雨點數只有大王您能決定。

> 只要您稍微改一下時辰和點數，那他就輸了！

龍王採納了鰣軍師的建議。

> 不愧是你，哈哈，這下我看他怎麼辦！

8 夢斬龍王

🐉 龍王帶著風伯、雷公、雲童、電母來到長安城的上空，挨到巳時方才布雲。

> 那個……我們到底幾點開工……

> 不急不急，還沒到時間呢……

🗡 接著，午時發雷，未時落雨，申時雨停，降雨三尺零四十點。和玉帝命令的相比，雨延後了一個時辰，少下了三寸零八點。

🌀 降雨結束，龍王落到地上，再次變為白衣秀士來到西門大街上。

🗡 龍王撞入袁守誠的卦鋪，把他的招牌、筆、硯全部砸碎。

你這胡言亂語的妖人，算卦不靈還到處蠱惑人心。

袁守誠坐在椅子上，動都不動，任憑龍王在這裡打砸。

等到龍王砸累了，袁守誠仰面朝天，冷笑了一聲。

我不怕你砸，我沒有犯下死罪，只怕你倒是犯下了死罪！

嗯？你什麼意思？

你能瞞得了別人，卻瞞不過我，你就是那涇河龍王！

什麼？

🌙 原來這涇河龍王私自改了降雨時辰，降低了降雨點數，是犯了天條。

> 要是玉帝知道了這事，你就等著被押到剮龍台上處死吧！

🗡 龍王頓時心驚膽戰，毛骨悚然，再也不敢撒潑，急忙整理了衣服，對著袁守誠跪了下來。

> 希望先生救我一命！

> 不然，我死也不會放過你。

🌙 袁守誠見龍王要魚死網破，就給他指了條生路。

8 夢斬龍王

🌙 袁守誠告訴龍王，明天他會被當今丞相魏徵斬首，只要去求唐王，讓他幫著說情，或許還有一絲生路。

> 唐王心胸寬闊，而那魏徵也是國之棟梁，說不定可以幫你免去死罪。

🗡 龍王聽後，眼含淚水向袁守誠告辭。

> 多謝先生既往不咎！為在下指明生路！

🌀 這龍王也不回水府，就在空中乾等著。

> 那魏徵究竟是什麼樣的人？
> 算卦先生究竟又是何方神聖？
> 若是玉帝降罪該怎麼辦？

🗡 等到子時左右，他就從空中下來，來到了皇宮門口。

8 夢斬龍王　215

🌀 這時唐王正在睡夢中,夢到自己出了宮門。

> 今天天氣真不錯啊……

🏹 忽然這龍王變成人形,跪拜在唐王面前。

> 陛下,救我,救我!

> 哎呀!嚇我一跳,你是何人,為何要朕救你?

🌙 於是，涇河龍王將自己的身世，以及自己觸犯天條，要被魏徵斬首的事情告訴了唐王。

陛下不救我，我就要被魏徵斬首了。

🖌 唐王聽了之後，扶起了涇河龍王。

你放心，既然是魏徵處斬，朕可以救你。

8 夢斬龍王

🍃 聽了唐王的話，龍王如釋重負，叩謝而去。

🗡 夢醒之後，唐太宗心裡一直想著龍王的事。

上朝的時候，文武百官都到了，唯獨缺了魏徵。

魏愛卿怎麼還沒來啊？朕剛好要找他呢！

於是，唐王就召徐世勣上殿來，將自己夢到龍王求情的事告訴了他。

徐愛卿，請往前一步。

我跟你說啊，昨晚朕……

糟糕！怎麼突然點我的名？

啊！原來是問這事啊……回陛下，這夢應該是真的，等魏徵來上朝，您不要放他出宮，過了今天，就能救夢中之龍了。

8 夢斬龍王

🪶 卻說魏徵丞相昨日夜觀天象，聽到九霄雲外有仙鶴鳴叫。

🗡 隨即來了一個天界仙使，將玉帝聖旨交給了他。

午時三刻
夢中斬涇河龍王

🍃 魏徵接旨謝過天恩之後，就在府中齋戒沐浴，坐運元神，擦拭寶劍。

> 我的寶劍，今天我就和你共赴天庭把龍斬！

🗡 魏徵不知不覺耽誤了上朝時辰，得知唐太宗派人來催他，便趕緊穿好衣服，入朝請罪。

> 微臣來晚了！請皇上恕罪！

8 夢斬龍王

🍃 唐王不僅沒有怪罪魏徵，還在退朝的時候單獨留下他，和他討論起定國安邦的事情。

> 魏愛卿呀，你留一下，朕有事和你商量！

> 啊？好的，陛下！

🗡 快到中午的時候，唐王又命人取來圍棋，跟魏徵下起棋來。

> 陛下，您不用午休嗎？怎麼今天精神這麼好！

> 那個……朕最近睡眠品質比較好……

🍃 君臣二人下棋,一直下到了午時三刻,一盤殘局還沒有結束。

皇上,該您了……

嗯!不急不急,先吃點點心!

🖋 結果魏徵突然倒在棋盤邊,呼呼大睡了起來。

一定是朕的棋藝太高超,累到魏愛卿了。

8 夢斬龍王 223

🌙 唐王任由魏徵酣睡，根本不想叫他起來。

> 睡著了正好，他就沒機會對龍王下手了！不過要小心，別著涼了！

🗡 沒過多久，魏徵醒了，起來就跪在地上，求唐王恕罪。

> 臣剛才不小心睡著了，罪該萬死！罪該萬死啊！

這次唐王依然沒有生魏徵的氣,反而將魏徵扶起來,說要跟魏徵再來一局。

一定是你平時工作太累,朕不怪你。

讓我們再來一局吧。

撿

啊?還來啊……

魏徵剛把棋子捏在手上,就聽到門外一陣喊聲傳來。

陛下!
不好啦!

8 夢斬龍王

🍃 原來是秦叔寶、徐世勣等提著一顆血淋淋的龍頭，來見唐王。

> 陛下！臣等有要事稟報！

🔸 唐王見後非常驚訝。

> 這，這是從哪裡來的？

秦叔寶、徐世勣將龍頭的來歷告訴了唐王，說這顆龍頭是從千步廊南邊的十字街頭的雲端突然落下來的。

當時空中出現異象，我們就立刻派人過去查看。

然後我們就撿到了這顆龍頭，也不敢怠慢，趕緊過來稟報。

陛下，這龍頭到底是？

這……

8 夢斬龍王

🌙 這時，一旁的魏徵跪下給唐王解釋了起來。

> 陛下，這龍是臣在夢中斬殺的。

🗡 原來魏徵睡著後，元神出竅到了剮龍台，那條龍正被天兵天將綁著準備行刑。

🌙 魏徵劍起劍落，這顆龍頭就從空中落到了凡間。

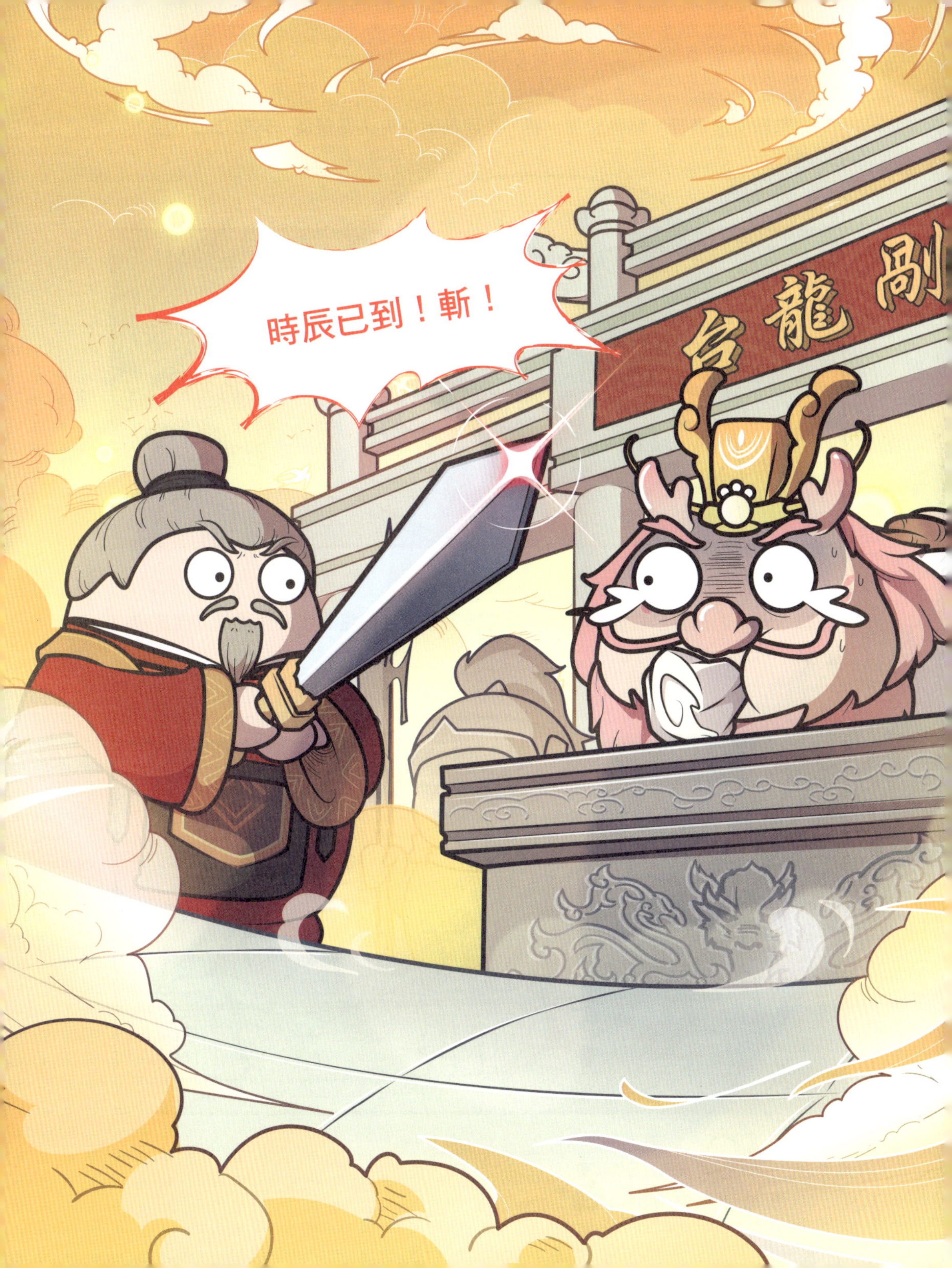
時辰已到！斬！
剮龍台

太宗知道這事後，悲喜交加。喜，是因為朝中有這種豪傑，何愁江山不穩？

> 真不愧是魏愛卿，朕好欣慰！

悲，則是因為自己在夢中答應了保全龍王性命，但沒想到最後這龍王還是慘遭誅殺。

> 可龍王的事情……唉！

🌙 唐王強打起精神,命秦叔寶將龍頭掛在街頭,讓長安百姓知曉此事。

發生什麼事了?

好厲害!

聽說是魏徵丞相斬龍了!

🗡 然後,唐王獎賞了魏徵,就讓眾位官員回去了。

不必多禮!你也退下吧。

你們是沒事了,可我該怎麼跟龍王交代呢⋯⋯

謝陛下!

唉!

8 夢斬龍王

當晚回到宮中，唐王因為心中鬱悶，就早早睡了過去。

到了二更時分，唐王聽到宮外有哭聲，十分驚恐。

🌙 唐王睡眼矇矓，又見到了涇河龍王。

你是……涇河龍王嗎？

🗡 龍王提著血淋淋的龍頭對著唐王高聲大叫。

唐王！還我命來！你昨夜答應救我，為何到了午時三刻，我還是被魏徵斬了？

8 夢斬龍王

🐉 龍王上前扯住唐王，再三叫喊著不肯鬆手。

龍王！是我不對！你饒了我吧！

唐王！你言而無信！

🗡 唐王也知道自己愧對涇河龍王，一直不敢說話，被涇河龍王扯得汗流浹背。

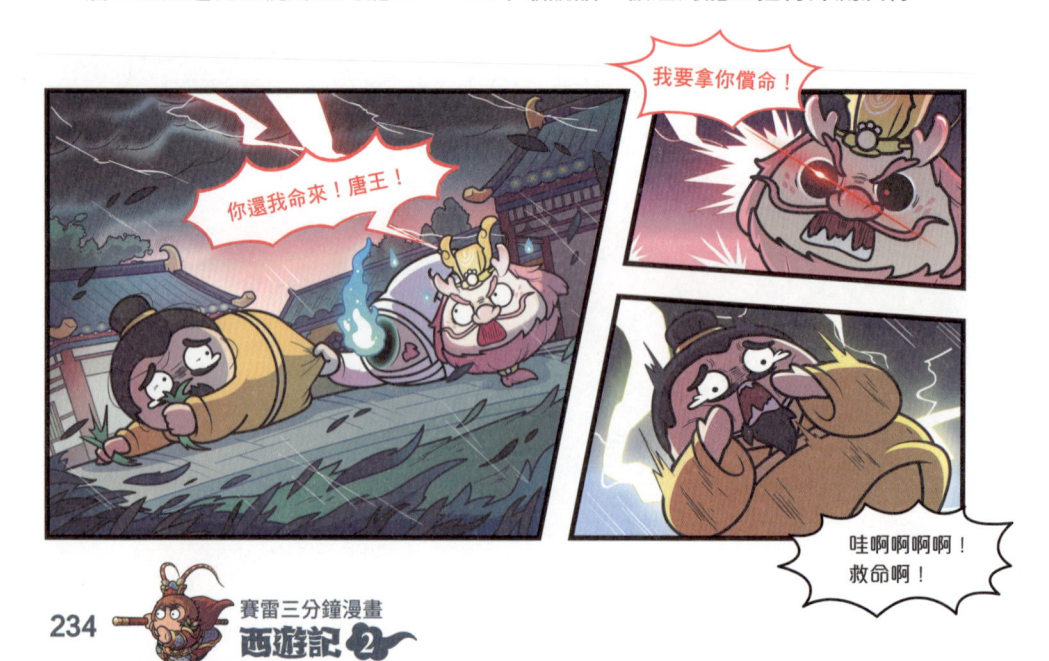

你還我命來！唐王！

我要拿你償命！

哇啊啊啊啊！救命啊！

涇河龍王的冤魂會報復唐王嗎？
這事最後會怎麼化解呢？

且看下回分解。

本書經四川文智立心傳媒有限公司代理，由中南博集天卷文化傳媒有限公司正式授權，同意台灣東販股份有限公司在台灣出版、在全球發行中文繁體字版本。非經書面同意，不得以任何形式任意重製、轉載。

賽雷三分鐘漫畫西遊記2
十萬天兵、鬥法二郎神、鎮壓五行山

2025年9月1日初版第一刷發行

著　　者	賽雷
主　　編	陳其衍
美術編輯	黃瀞瑢
發 行 人	若森稔雄
發 行 所	台灣東販股份有限公司
	＜地址＞台北市南京東路4段130號2F-1
	＜電話＞（02）2577-8878
	＜傳真＞（02）2577-8896
	＜網址＞https://www.tohan.com.tw
郵撥帳號	1405049-4
法律顧問	蕭雄淋律師
總 經 銷	聯合發行股份有限公司
	＜電話＞（02）2917-8022

著作權所有，禁止翻印轉載。
本書如有缺頁或裝訂錯誤，
請寄回更換（海外地區除外）。
Printed in Taiwan

國家圖書館出版品預行編目（CIP）資料

賽雷三分鐘漫畫西遊記2：十萬天兵、鬥法二郎神、鎮壓五行山／賽雷著.
-- 初版. -- 台北市：台灣東販股份有限公司, 2025.09
242面；17×21公分
ISBN 978-626-437-055-4（平裝）

1.CST：西遊記　2.CST：漫畫

857.47　　　　　　　114009491